共和国故事

健康中华
——中华全国体育总会成立

李静轩 编写

吉林出版集团股份有限公司

图书在版编目（CIP）数据

健康中华：中华全国体育总会成立/李静轩编. —长春：吉林出版集团股份有限公司，2009.12

（共和国故事）

ISBN 978-7-5463-1730-4

Ⅰ．①健… Ⅱ．①李… Ⅲ．①纪实文学 – 中国 – 当代 Ⅳ．①I25

中国版本图书馆 CIP 数据核字（2009）第 237345 号

健康中华——中华全国体育总会成立

JIANKANG ZHONGHUA　　ZHONGHUA QUANGUO TIYU ZONGHUI CHENGLI

编写　李静轩	
责任编辑　祖航　李娇	
出版发行　吉林出版集团股份有限公司	
印刷　三河市嵩川印刷有限公司	
版次　2010 年 1 月第 1 版	2022 年 1 月第 9 次印刷
开本　710mm×1000mm　1/16	印张　8　字数　69 千
书号　ISBN 978-7-5463-1730-4	定价　29.80 元

社址　吉林省长春市福祉大路 5788 号

电话　0431 – 81629968

电子邮箱　tuzi8818@126.com

版权所有　翻印必究

如有印装质量问题，请寄本社退换

前　言

　　自1949年10月1日中华人民共和国成立至今,新中国已走过了60年的风雨历程。历史是一面镜子,我们可以从多视角、多侧面对其进行解读。然而有一点是可以肯定的,那就是,半个多世纪以来,在中国共产党的领导下,中国的政治、经济、军事、外交、文化、教育、科技、社会、民生等领域,都发生了深刻的变化,中国人民站起来了,中华民族已屹立于世界民族之林。

　　60年是短暂的,但这60年带给中国的却是极不平凡的。60年的神州大地经历了沧桑巨变。从开国大典到60年国庆盛典,从经济战线上的三大战役到经济总量居世界第三位,从对农业、手工业、资本主义工商业的三大改造到社会主义市场经济体制的基本确立,从宜将剩勇追穷寇到建立了强大的国防军,从废除一切不平等条约到独立自主的和平外交政策,从"双百"方针到体制改革后的文化事业欣欣向荣,从扫除文盲到实施科教兴国战略建设新型国家,从翻身解放到实现小康社会,凡此种种,中国人民在每个领域无不留下发展的足迹,写就不朽的诗篇。

　　60年的时间在历史的长河中可谓沧海一粟。其间究竟发生了些什么,怎样发生的,过程怎样,结果如何,却非人人都清楚知道的。对此,亲身经历者或可鲜活如昨,但对后来者来说却可能只是一个概念，对某段历史的记忆影像或不存在，或是模糊的。基于此，为了让年轻人，特别是青少年永远铭记共和国这段不朽的历史，我们推出了这套《共和国故事》。

《共和国故事》虽为故事，但却与戏说无关，我们不过是想借助通俗、富于感染力的文字记录这段历史。在丛书的谋篇布局上，我们尽量选取各个时代具有代表性或深具普遍意义的若干事件加以叙述，使其能反映共和国发展的全景和脉络。为了使题目的设置不至于因大而空，我们着眼于每一重大历史事件的缘起、过程、结局、时间、地点、人物等，抓住点滴和些许小事，力求通透。

历史是复杂的，事态的发展因素也是多方面的。由于叙述者的视角、文化构成不同，对事件的认知或有不足，但这不会影响我们对整个历史事件的判断和思考，至于它能否清晰地表达出我们编辑这套书的本意，那只能交给读者去评判了。

这套丛书可谓是一部书写红色记忆的读物，它对于了解共和国的历史、中国共产党的英明领导和中国人民的伟大实践都是不可或缺的。同时，这套丛书又是一套普及性读物，既针对重点阅读人群，也适宜在全民中推广。相信它必将在我国开展的全民阅读活动中发挥大的作用，成为装备中小学图书馆、农家书屋、社区书屋、机关及企事业单位职工图书室、连队图书室等的重点选择对象。

编　者

2010年1月

目录

一、国家体委组建
毛泽东为体育事业题词/002
贺龙担任国家体委主任/005
国家体委选址与组建/009
贺龙为国家体委充实力量/016

二、国家体委完善
国家体委创办体育刊物/022
召开全国体育工作会议/034
召开运动委员会会议/040
贺龙前往苏联考察体育/047
贺龙主持修建北京体育馆/053

三、体育队伍建设
贺龙大胆选拔体育人才/062
贺龙要摘掉东亚病夫帽子/067
贺龙提出体育训练原则/073
贺龙对体育人员提出要求/079

四、体育队伍发展
贺龙创建中央体育学院/084

目录

体育科学研究所成立/093

贺龙关心运动员的成长/099

中央关心爱护运动员/106

一、国家体委组建

- 1952年6月10日,毛泽东为新中国体育工作题词:"发展体育运动,增强人民体质。"

- 1952年9月6日,中华全国体育总会主席马叙伦在呈送政务院总理周恩来的《关于中华全国体育总会召开第二次常务委员会情况的报告》中建议:在政务院设立一个与部、委平行的全国体育事务委员会。

- 1954年9月,在第一届全国人民代表大会上,任命贺龙为:国务院副总理、国防委员会副主席和国家体育运动委员会主任。

毛泽东为体育事业题词

1952年6月10日,毛泽东为新中国体育事业题词:

发展体育运动,增强人民体质。

这12个大字是毛泽东为中华全国体育总会成立大会所题的词。

在全国体育总会成立前夕,体育总会筹备会副秘书长黄中给筹备组全体人员传达了毛泽东的这个题词。

当时,一些看不起体育工作的知识分子,听了传达后,精神为之一振,逐渐转变了体育不过是"打打球""玩一玩"的肤浅认识。

在全国体育总会成立大会上正式传达毛泽东这一题词时,会场上响起了热烈的掌声。

讨论时,人们喜气洋洋,尤其是马约翰、吴蕴瑞、徐英超等一些从旧社会过来的知名体育教授,简直欣喜若狂。他们都异口同声地说:

毛主席把体育的真谛抓住了。

当时唯一的体育刊物《新体育》杂志则以整页的篇

幅刊登了毛泽东的这一题词,并突出宣传了"发展体育运动,增强人民体质"为生产建设和国防建设服务这一重要思想。

毛泽东这一题词体现了共产党人为人民服务、为人民群众谋利益的最高宗旨,明确了新中国体育事业的根本目的和发展方向,推动了我国体育运动的发展。

一直以来,毛泽东对体育事业都是非常重视的。"发展体育运动,增强人民体质"的题词精神引领着我国体育事业稳步向前。

其实,早在1950年初,毛泽东就亲笔题写了《新体育》杂志的刊名。

不仅毛泽东对体育事业重视,而且贺龙也极为重视体育事业。

贺龙在1953年12月18日率领中国人民第三届赴朝慰问团返回北京的时候,便勉励体育工作人员说:

> 要把体育当作毕生的革命事业来做,不要小看体育工作,不要有低人一等的思想。
> ……
> 随着整个国民经济和文化的发展,体育事业会大大地发展起来。

1954年4月1日,毛泽东主持中共中央政治局会议,其中一项议程是审议《中央人民政府体育运动委员会党组关于加强人民体育运动工作的报告》。

当时,毛泽东说:

> 该讨论体育了,体育是关系6亿人民的大事嘛!

在这次会议上,中央批准了体委的报告,并立即转发到了全国各地。

有了中央的支持,贺龙欣然应命,并会见了体委机关干部,对将来体育事业的发展进行了探讨。

贺龙担任国家体委主任

1952年9月6日，中华全国体育总会主席马叙伦在呈送政务院总理周恩来的《关于中华全国体育总会召开第二次常务委员会情况的报告》中建议：

> 在政务院设立一个与部、委平行的全国体育事务委员会。

而在此之前，体育工作是由新民主主义青年团中央委员会主管的。

其实，关于设立一个与部、委平行的全国体育事务委员会的提议，早在1952年7月29日至8月14日，中华人民共和国成立后第一次参加国际奥林匹克运动会的时候，中央领导人就注意到了。

这次参加奥运会，是由中华全国体育总会副主席兼秘书长荣高棠，率领中国体育代表团到芬兰的赫尔辛基，参加的第十五届奥林匹克运动会。这是中国体育事业走向世界的开端。

8月21日，中华全国体育总会举行的第二次常务会议，与会者就听取了荣高棠关于中国代表团参加该届奥运会的情况报告，以及今后如何发展中国体育事业的建议，并进行了热烈的讨论。

会后，荣高棠以中华全国体育总会的名义，向中央人民政府副主席、中华全国总工会名誉主席刘少奇和中共中央呈递了《关于参加第十五届奥运会的情况报告》，报告指出：

> 委员会的主任委员，最好请贺龙那样的一位将军来担任。

贺龙出任国家体委主任，是最为合适的人选，而且也是众望所归。

贺龙对于体育事业的热爱，早在他领导红二方面军、八路军第一二〇师时就有所显现，那时他就创办了"战斗"篮球队，在西南区大力发展体育运动的事迹，为体育界人士所倾慕。

对此，政务院常务副总理邓小平对贺龙振兴西南体育的魄力与热情，知之更深。

因此，就在政务院准备采纳体育总会的建议，通过贺龙担任国家体委主任的这一新任命之前，邓小平给还在重庆的贺龙打了长途电话："贺总吗？我给你找了个好差使，不知道你愿不愿意出马？"

贺龙问道："啥子好差使，你尽管吩咐嘛！"

邓小平向他讲了政务院决定组建中央体育运动委员会的经过后，说道："下面有报告，建议请你当主任。我和总理商量了，也感到由你来当最合适。"

"毛主席的意见呢？"

"毛主席也赞成。"

贺龙说道："好。毛主席叫我干，中央叫我干，我就干！"

1952年11月15日，周恩来在中南海怀仁堂主持中央人民政府委员会第十九次会议，会议讨论了增设中央体育运动委员会的议题。

在这次会议上，周恩来正式提议：

> 为了加强对体育运动的领导，建议贺龙担任中央体育运动委员会主任，蔡廷锴担任副主任。

之后，会议一致通过了这项任命。

此外，毛泽东、刘少奇、周恩来、陈毅、彭真等中共中央、中央人民政府和军队的领导人，对于新成立的国家体委给予了极大的支持。

在几乎是一片空白的基础上振兴拥有6亿多人口的新中国的体育事业，没有人才、没有资金是无论如何也办不到的。由于国家领导人的高度重视，体育事业得到了很好的发展。

贺龙对于体育事业可谓是尽心尽力。在他主管体育的年月里，每当他发现有人不安心做体育工作，不管是

高级干部,还是普通工作人员,他都会站出来说道:

  我是自愿干体育工作的。我当体委主任,是周总理和小平同志点的将,是毛主席下的令。

  可以说,贺龙对体育事业的认真负责,正是老一辈无产阶级革命者的优良传统与作风,而正是这种传统与作风促使我国的体育事业蒸蒸日上。

国家体委选址与组建

1953年2月27日,中央人民政府人事部行文,通知中央体委:

> 你委1953年编制,经审查,核定共编制239人,计干部212人,勤杂人员编制27人。

其实,早在贺龙迁到北京办公之前,就曾赴京同荣高棠、黄中商谈组建体委机构的问题。

对此,贺龙曾向周恩来、邓小平提出建议:

> 以原体育总会为基础建立机构,现有48人,需即补充62人。其中需有一批骨干,提出一个名单已送安子文同志处,以后看情况需要时再增加。

对于这一条,邓小平批示道:

> 同意

同时,对于体委机关的办公地点选择,贺龙向周恩来、邓小平建议道：

> 需要买一所房子住，已向北京市政府接洽，需建筑会址，拟请批准青年服务部球场地址。

对于贺龙提出的这一条建议，周恩来在其文章之后批示道：

> 此事需向市府商办。

贺龙所说的青年服务部球场，其地址就在北京饭店对面。

对于这块地方用于体育事业，北京市市长彭真欣然同意。于是，东长安街17号这块小小的地盘，很快便拨给了体委。

不久，北京市政府又把位于宣武门东侧的未英胡同33号拨给体委。

然而，这是一座藏在小巷深处的四合院，只有10多间简陋的平房，容纳不了贺龙新调来的各路人马。

于是，贺龙便登门拜访北京市市长彭真，请他再设法解决会址问题。

彭真在得知贺龙的难处后，便二话不说，把几个单位争着要的王府井八面槽9号的135间房子拨给了体委。同时，把机关宿舍安排在了草厂胡同。

并且,彭真还在一份批件上给贺龙写道:

贺老总:房子解决了,据报还可以。

后来,在1954年底,在崇文区太阳宫又盖起了东西两栋办公楼,体委机关又迁到那里。

而此时,在房子解决后,贺龙又开始致力于机关干部的选拔。

在贺龙就任体委主任时,其全班人马就是从共青团中央调来的10多名干部,由荣高棠担任体委的秘书长,黄中担任体委的副秘书长。

而尚缺的近200名干部,在新中国刚刚建立时,一时很难配齐。再加上当时人们受到传统观念的影响,很多人并不把体育事业当作一回事。人们的思想意识中,并不认为体育是一种正式的职业。因此,体委调干部进入,就变得极为困难了。

对此,1953年4月27日,贺龙在北京主持全国体育工作会议时提出:

为了把体委的机构建立起来和逐步建立、健全各级体委,必须首先解决干部问题。目前,必须向中央要些"母鸡",从中央、大区、部队调,作为我们的骨干。

此后，贺龙以他独特的方式与非凡的魄力，动员、说服了一批曾在部队和西南区从事过体育工作的干部，来到国家体委机关工作。

贺龙首先争取的对象，就是任西南军区司令部干部处处长兼西南军区"战斗"体工大队大队长的张之槐。

当时，正是部队开始酝酿评定军衔的时候，谁也不愿意在授衔之前转业到地方上去工作。

贺龙非常理解干部们的这种心情，便语重心长地对张之槐说：

以往我们是打天下，现在要管天下。体育同样是建设新中国的一条战线。

我上次到北京开会，住北京饭店，马路对面就是东长安街体育场。每天晚上我都看到灯光，球场里总是挤得满满的，门外还拥着一大片人。群众那么喜欢体育，需要有人来领导和组织这项工作呀！

你是学过体育的，科班出身，干这行的专家。你不干，谁干？

虽然，贺龙讲得非常透彻，但是张之槐仍然想不通，他轻声嘟囔道："在部队工作，也一样重要嘛！"

贺龙道："呵，原来是这样，你是光想当官，不考虑事业。给你几天时间考虑，想通了，来找我。"

几天过去了，40岁的张之槐对部队感情至深，还是不想离开军队、脱去军装。

对此，贺龙有些生气了。

在一次会议上，贺龙在大庭广众之下，指着张之槐说："你光想当官，不愿意当老百姓，那怎么行？你回去再想一想。想不通，就开支部大会，咱们辩论辩论。你讲讲不去的理由，如果把大家说服了，可以不去。如果说不服大家，就得去体委报到。三天以后，听你的回音。"

在场的人都是第一次见到贺龙发脾气，大家都感到非常震惊。他们没想到贺老总竟然是如此重视体育工作。

贺龙的这番话本来就是为了让大家一起听听的。这使得许多本来不大情愿从事体育工作的人，都受到了深刻的教育。

张之槐想了整整一夜，他从贺龙的严厉批评中感到贺老总对自己的信任与期望。于是，他等不到三天期满，第二天一早便来到贺龙的家里。

张之槐进门后，贺龙正在打台球，只是抬头看了他一眼，仍然埋头击球，故意不理睬张之槐。

秘书和警卫参谋给张之槐搬了一把椅子，端来茶水，并向贺龙报告说："贺总，张处长来了。"

贺龙重重击了一杆，问道："是来辩论的吗？"

张之槐急忙站起来答道："贺总，我想通了。"

"想通了就好！"贺龙紧绷着的脸上出现了笑容，他放下球杆,走过来对张之槐说,"坐下谈,坐下谈。"

贺龙亲热地坐在张之槐身旁,接着说道:

要认识体育工作的重要性啊!过去洋人笑我们是东亚病夫。

现在,中国人站起来了,这项帽子要摘掉!谁来摘呢?搞体育的人有责任嘛!这个任务很艰巨,也很光荣。

贺龙顿了顿又说道:

"小平同志打电话告诉我,要我当体委主任。需要我当我就当。我还就想当这个体委主任呢!能把体育工作搞好就不错了。你想通了就好。去了好好干,和大家一起把体育工作开展起来。"

果然,贺龙亲自挑选的干将极为得力,张之槐不负贺龙厚望,不仅如期赴京报到,而且现身说法,积极宣传体育工作。

此外,贺龙点的将还有35岁的张联华和39岁的朱德宝。他们是同张之槐一同转业到体委的。

朱德宝是"东干队"的老队员,已经在东北军区空军某部担任军械处处长。

张联华是一二〇师"战斗"篮球队的老队员,这时已经担任了中国人民志愿军某炮兵团的政治委员。

1953年8月3日,国家体委正式向中共中央宣传部

部长习仲勋呈递报告,提议任命:

> 张之槐为训练司副司长;朱德宝为运动竞赛司副司长;张联华为国际联络司副司长。

1954年5月,张之槐写了《关于体育工作者安心工作的问题》一文。

在文章中,张之槐从4个方面做了论证,他说:

> 体育运动是人民的事业,在国家社会主义建设中有着重要的地位。

贺龙为国家体委充实力量

1954年9月召开的第一届全国人民代表大会任命贺龙为：

国务院副总理、国防委员会副主席和国家体育运动委员会主任。

贺龙对中国的体育事业极为认真负责，贺龙担任体委会主任之后，为了扩充体委会的干部队伍，他曾把青年团中央书记胡耀邦和团中央组织部部长路金栋请到家中。

贺龙对他们说："体委刚成立，需要加强。我们这里也是做青年人工作的，任务很繁重，要靠各方面的支持。耀邦啊，这也是你的事哟！从你那里调点儿人，你给一些吧？"

胡耀邦说："我们来您这儿之前，已经选了一些档案，请您亲自挑选。"

于是，路金栋便把一打档案放到了贺龙面前。

贺龙看到档案，高兴极了，便风趣地说："为了感谢你们的支持，我今天请客，是刚刚从新疆运来的最好的哈密瓜。"

此外，贺龙对于机关的饮食也格外关心。早在体委机关的炉灶刚刚搭起之时，贺龙就到食堂检查。

当贺龙发现伙食办得不太好，便对蔡树藩和荣高棠说："吃得不行啊！我们在四川的时候，就那么几个钱，吃得不错嘛！"

荣高棠说："体委机关的管理工作存在不少问题。可是现在又没有懂行的人来抓。"

贺龙说："你们为什么不早反映？可以把金鉴萍调来。如果你们赞成的话，就发电报，让他快点儿来报到。"

抗日战争时期金鉴萍曾在联防军司令部做行政管理和后勤工作，是管家理财的好手。

这时，他参加赴西藏慰问团刚刚返回重庆，便接到了体委的加急电报。于是，他便马不停蹄地乘飞机赶到体委报到。

不久，他便担任了国家体委办公厅副主任。体委的伙食果然变得好了起来。

1954年10月下旬，贺龙和宋任穷、蔡树藩、刘秉林、王凌、武岳松等人携带家眷，乘坐民众轮，从重庆出发，顺江而下，取道武汉，之后又换上火车北上。

当时，在同一艘船上，和贺龙一起出发的还有几名干部，他们都是在西南行政区撤销后，准备到北京各部门报到的人员，只是没有一个人去体委。

由于体委缺少干部力量，贺龙一上船，便打上了他们的主意。贺龙首先看上了准备到内务部上任的蔡树藩，于是贺龙便向蔡树藩发动了进入体委的"攻势"，结果立见奇效。

蔡树藩早在1922年就参加了工人运动，是一位湖北籍的老战士，在他的履历表上并没有从事体育工作的记录，但他深深地被贺龙描绘的体育前景所吸引与折服。

贺龙一到北京，立刻同蔡树藩的老上级邓小平谈妥，让蔡树藩由内务部副部长改任国家体委副主任。

武岳松曾是西南军区保卫科的干部，在贺龙身边做过保卫工作。贺龙自然也不会放过这位熟人，一下船，就把他拉到了体委。

不久，武岳松便担任了新建的北京体育馆副馆长。后来，又担任干部司副司长。

女将王凌原是去地质部的，但在贺龙的游说下，她也来到体委工作，担任了办公厅副主任。

贺龙还邀请老朋友、起义将领、西南行政委员会副主席卢汉来体委共同建设体育事业，卢汉欣然点头。

另外，中共西南局宣传部的一位副部长张非垢，准备到外文出版社担任社长。

由于贺龙欣赏他的才华，觉得体委必须有几个秀才，便动员他也到体委工作。

张非垢盛情难却，便又动员同去外文出版社的女将张彩珍说："去体委吧，这是贺老总的命令。我也是文人进武庙。"

之后，贺龙又多方游说，从西南调来李梦华，从中南调来陈先，从华北调来曹建纯，从西北调来董念黎……

后来，曹建纯任群众体育指导司副司长，董念黎任教育司副司长。

1954年11月1日，国务院正式任命蔡廷锴、蔡树藩、卢汉、黄琪翔、荣高棠为国家体委副主任。

不久，中共中央组织部又任命张非垢担任国家体委秘书长、黄中为副秘书长。

1956年，张非垢和黄中晋升为国家体委副主任。这一年，张非垢只有38岁，在国务院系统的副部级干部中是最年轻的。

中华人民共和国体育运动委员会就这样建立起来了。其机构包括：办公厅、训练司、群众体育指导司、运动竞赛司、教育司、国际联络司、编审司、计划财务司和民族形式体育研究会等。

另外，贺龙又陆续调来韩复东、李达、赵正洪、任思治等一批干部。

此后，著名体育家董守义先生，也被贺龙委以重任。

在新中国成立前，董守义曾担任过中华全国体育协进会总干事等职。1947年被选为国际奥林匹克委员会委员。

新中国成立后，国家体委组建之初，曾安排董守义在运动竞赛司工作，但当时并没有明确的职务。

对此，董守义颇有一些意见，他说："顾问没有顾问的地位，作为'字典'也不常翻。"

当贺龙得知此事后，立即同董守义进行了一次长谈，向他征求了对体委和其本人工作的意见。

之后，贺龙便提名董守义担任了政协全国委员会委员，兼中央体育学院教授。

为了进一步发挥董守义的才能和作用，贺龙和体委领导同志又委任他为中华全国体育总会副主席和国家体委运动技术委员会主任。

而董守义为新中国体育事业也作出了极大的贡献。他在国际奥林匹克委员会议上，为争取中华人民共和国在国际体育组织中的合法席位做了极大的努力。

1959年12月29日，贺龙在体委委员会议上曾表扬董守义说：董先生参加几次国际奥委会，表现很好，是站在社会主义国家立场发言的。

后来，据薛明回忆当时的情景说：

> 贺龙对国家体委这个班子是满意的，很喜欢。用他的话说，是来自五湖四海的、团结的班子。他们都很年轻，懂专业，有朝气，工作效率高，事业心强，没有官僚主义；有文有武，打仗的，打球的，又有秀才，又有搞管理工作的。他们相处很亲切、自然，形成了一个拳头。

二、国家体委完善

- 贺龙指出：《体育报》既要贯彻中央的方针政策，又要有体育特色；还要组织好通讯网，要有特邀通讯员，根据某一阶段的编辑中心出题目，请大家写文章。

- 1953年8月21日，中共中央会议批准：中国共产党中央体育运动委员会党组正式成立。

- 1954年7月13日贺龙离开北京，前往苏联参加苏联人民的体育节。临行前，贺龙对周恩来和朱德说："我们要趁这个机会，学习苏联开展体育运动的经验。"

国家体委创办体育刊物

1950年7月，中华全国体育总会创办了《新体育》杂志，毛泽东亲笔题写刊名。

到了年底，该刊的发行量便接近两万册。共青团中央书记廖承志听到这个数字后，说：

> 过去国民党的《中央日报》号称10万，实际不到。你们体育刊物刚办就两万，有干头！

从中华全国体育总会成立，到1953年8月国家体委成立，出版的体育书籍有72种，发行量为115万册。数字表明，中国有着众多的体育爱好者，而且发展空间极大。

但是，国家体委系统编辑的体育书籍和《新体育》杂志，都是委托中国青年出版社印刷出版。这就增加了中国青年出版社的负担，影响到出版社的日常工作，也限制了体育出版工作的开展。

因此，国家体委必须建立一个属于自己的出版机构。

贺龙也非常赞成这个看法，便交代体委于1953年7月11日函报出版总署。

7月30日，出版总署又向政务院文化教育委员会呈递关于成立体育出版社的报告。

8月6日，政务院文化教育委员会便批准了这个报告。

此后，为组织领导这项工作，体委机关相应地设立了编审司。

1954年1月，在经过积极筹备之后，人民体育出版社终于成立了。

这之后，贺龙在1954年的工作报告中，表扬了体委宣传、理论工作的出色表现，并详细地列举了出版体育书刊的数字。

1957年，国家体委又创办了英文刊物，即《中国体育》杂志。

1950年到1957年间，全国群众体育运动得到飞速发展，然而此时，国内还没有一家专业性的体育报纸，这显然是不合适的。

1958年初，国家体委向中共中央宣传部递交了创办《体育报》的请示报告。

贺龙专为这件事去见了周恩来，当面请示是否可以办报。

周恩来听后，说道：

　　我们国家这么大，是需要有一张体育报。你们向中央写报告嘛！

4月1日，贺龙和张非垢、黄中共同研究如何写报告。在报告脱稿后，又经贺龙审阅、修改，才递交周恩来。

6月下旬，中央正式批准了国家体委创办《体育报》的报告。

在报社组建过程中，从物色领导班子，直至印刷纸张问题，贺龙都亲力亲为地参与了研究，并给予了具体帮助。

随后，贺龙把蔡树藩和《体育报》负责人李凯亭请到办公室，全面地、详细地谈了他对办报的意见。

贺龙指出：

《体育报》既要贯彻中央的方针政策，又要有体育特色；还要组织好通讯网，要有特邀通讯员，根据某一阶段的编辑中心出题目，请大家写文章。

此外，贺龙还回顾说：

过去在延安的时候，毛主席就常常出题目要中央领导同志写文章。连我这个大老粗，不会写文章的人，毛主席也叫我写，我也努力写。不能写就说嘛！你们可以出题目，请高棠他们写，请体委各级领导写。

贺龙又邀请毛泽东为中国第一份《体育报》题写了报头，毛泽东欣然挥毫。

之后，朱德也为《体育报》题了词。

郭沫若赋诗一首，诗篇的名字为《体育战线插红旗》。

陆定一撰写了《祝体育报创刊》一文，指出：

人民的体育运动前途无量。
敬祝体育报在发展我国的体育运动中起很好的作用。

李德全也写了《体育锻炼的跃进》一文，以此表示祝贺。

李济深则赋诗，以表祝贺：

体育首重视，
倡导尤独特。
实施劳体制，
全民皆普及。
短短时间里，
彰彰著成绩。
振人民精神，
强人民体质。

> 固人民意志,
> 健人民筋骨。
> 调人民热情,
> 增人民知识。

此外,全国各界人士的衷心祝愿,都刊载于《体育报》的创刊号上。

1958年9月1日,《体育报》创刊号终于诞生了。贺龙欣喜地阅读了中国第一张《体育报》。

第二天清晨,贺龙便迫不及待地给报社打去电话,表示祝贺,并指示:

> 要大胆地办报,把《体育报》办成6亿人民的报纸。应该吸收所有报纸的优点,把报办好。报纸是喉舌,要走在前面,鞭策我们的工作。

自从《体育报》创刊,贺龙便每天晚上都要看一看《体育报》,而且非常认真。对于重要文章,他还要一个字一个字地抠,看看是否字斟句酌。

贺龙每天必读《体育报》的习惯,可谓是数年如一日。而且,只要贺龙发现办报有了进步或出现了什么缺点错误,他就会马上打电话给报社负责人,或予以表扬,或给予指导。

1963年到1965年，贺龙打给报社的电话记录，包括信函，仅据报社现存记录，就有54次之多，平均每月一到二次。而报社整理的这些记录的摘要，则有3万字以上。

其中，1964年7月3日到7日，贺龙每天一个电话打到报社去；1963年3月下旬，1964年4月中旬，1965年8月中旬，贺龙几乎每隔两三天，就往报社打一次电话。而1964年11月26日，贺龙居然一连给报社打了4次电话。

此外，贺龙还经常到报社检查工作，事先也不通知，搞得报社措手不及。

1964年4月5日，贺龙又一次来到报社办公室，他检查了内务卫生，又和李凯亭进行了谈话，贺龙说："现在我亲自来抓报纸，你们是不是感到抓得太紧了？"

李凯亭说："抓得越紧越好，对报社全体同志是很大的鼓舞和督促。"

之后，贺龙表扬了《解放军报》刊登的解放军二六一医院艰苦奋斗的事迹。

贺龙接着说道：

> 我们体育队伍有的条件已经很好了，但没有把事情办好。东大楼的伙食就办得不好。你们可以转载一下二六一医院的报道，把照片登一登，写个编者按，联系体育队伍的情况和他

们比一比，是他们强还是我们强？批评一下我们自己。这样，人家就喜欢看你这个报纸了。你们要大胆批评。我给你们撑腰。反骄娇二气，找差距，都是郭兴福教学方法的内容。不要把它看得简单了，能学到了才好。运动队都应该找自己的差距。

贺龙在这里所说的东大楼，是运动员的住所。贺龙对于运动员的起居饮食是非常关心的。

这一天，贺龙还提出《体育报》每星期可以多出几期，关于由每周两刊改为每周三刊给中宣部的报告，贺龙表示非常支持，同时他还要亲自到中宣部催促落实这件事情。

1964年6月下旬，贺龙在国家体委党组会上，正式提出：

> 报社要组织一个体育理论队伍。今天党组做个决定，体委要挤几个编制给报社，《体育报》要改双日刊，要扩大发行，争取发行15至20万份。将来要出日报，并且要把印刷厂搞起来。

其实，早在《体育报》创刊5周年之时，贺龙对体育报社办报方针的指示就已开始酝酿。

这一天，是《体育报》创刊5周年，报社中的工作人员举行了庆祝会。贺龙应邀于报社四楼会议室，在全社人员的热烈掌声中，挥毫泼墨，在纪念册首页写下了"贺龙"二字。

贺龙热诚地向大家表示祝贺，又谈了办报宗旨。他说：

> 报社同志要坚决贯彻毛主席的"发展体育运动，增强人民体质"的指示。应该详细调查了解一下，我们的体育运动在贯彻执行增强人民体质，为生产和国防服务、为社会主义建设服务方针上，实际情况如何？这个问题，要认真研究。
>
> ……
>
> 《体育报》是业务报，但不能脱离政治搞业务。脱离政治搞业务，天下没有这样的报纸。《体育报》报道比赛，登载比分多少多少，这些要不要？要。但《体育报》主要还是对广大的体育队伍进行政治教育。《体育报》要不断提高思想性、战斗性。
>
> ……
>
> 《体育报》现在的发行面还太窄些，应当考虑《体育报》怎么适应广大群众的需要，如何使小学生、大学生、干部、工人、农民各有所

得，外行看得懂，内行也爱看。办好了，几万份报纸就等于几十万份，甚至更多万份的力量。

此外，贺龙还指示报社：

建立通讯网，要在全国各省、各体育学院发展通讯员；运动队中也可以建立通讯网；要组织体院院长写文章。

就在这次讲话中，贺龙着重指出：

报纸既要敢于表扬，又要敢于批评。《北京晚报》办得好，他们敢于批评，敢于点名，也敢于鼓励。你们要向他们学习。

在贺龙讲话之后，《体育报》开展了一系列批评不良现象的活动。这其中，贺龙的批评则首当其先。

1964年9月，记者在一篇题为《三百里竞车记》的特写中，揭露了某部队自行车运动员在比赛中采取了一些损人利己的不正当手段。

该部队一位负责人读后，极不服气，打电话向体育报社提出抗议。

贺龙得知此事后，非常生气，对国家体委的负责人说：

> 解放军有缺点错误就不能批吗？老虎屁股摸不得？我就是要摸。我管体委，也管军队的事，解放军里面有歪风邪气也要批评。你们要给记者撑腰！

贺龙除了针对错误进行批评，另外还针对优点提出了表扬。

1964年4月2日，贺龙看了当天的《体育报》，爱不释手，便立即给报社打电话说：

> 这是《体育报》最兴旺的一天。这期报纸1版有学习毛主席著作的两则消息，《人人找差距个个争上游》的社论，和北京青年男排"比先进学先进赶先进"的消息，都写得很好；2版有在京部分教练员、运动员检查骄娇二气的消息，国家足球队写的《爬起来赶上去》的文章，还有一组读者来信，杨洁和戴丽华的文章；3版摘登了《小足球队》的剧本，也很好。这样，报纸就有了思想性，就有看头了……这期很好，是一个样板，以后就要照着这样编。

1964年9月14日，《体育报》在第3版"运动员怎样革命化"的讨论专栏里，刊登了两位运动员的文章，一位是国家女篮运动员李少芬的文章；一位是"八一"队女篮运动员陈常凤的文章《革命化是成为优秀运动员的先决条件》。

贺龙在看完这两篇文章后，让秘书给国家体委打电话，建议运动员们都读一读这几篇文章。

此外，在电话中，贺龙还特别提到足球运动员张宏根。这位运动员是20世纪50年代国家足球队的主力中锋，技术全面，左右脚都善踢球，为国家争得过荣誉，贺龙还曾经多次表扬过他。

但是，这位运动员自从在新兴力量运动会上失利后，又受伤未愈，情绪极为低落。

于是，贺龙便委托《体育报》总编辑李凯亭带着当天的报纸，代表他去看望张宏根，并请他读读报上的几篇文章，希望他振作精神，再展雄风。

此外，北京体育学院副教授徐宝臣写的《千万不能满足》，马约翰在《体育报》第608期上发表的《乒乓球双打的技术和战术》，徐寅生写的《看解放军练兵的感想》，天津女排写的《骄娇二气使我们摔了跟头》等文章都受到了贺龙的称赞。

贺龙还指示《体育报》连载徐寅生的学习笔记，以及转载傅其芳为《中国体育》所写的介绍自己思想转变的文章……在贺龙的号召下，国家体委的负责人荣高棠、李梦华和张彩珍等许多同志都写了大量文章。

在贺龙如此具体、细致的指导下，在《体育报》创刊初期的 7 年中,可谓是办得极为丰富多彩,深受体育界和广大体育爱好者的欢迎与热爱。

另外,贺龙不仅关心报纸对体育的宣传报道,而且对于宣传体育的其他形式也极为关注。

早在 1953 年,他从收音机中听到中央人民广播电台播音员张之在天津现场解说全国四项球类运动会的声音,便大为赞赏,遇到人就说:

> 过去有说书的。现在有人会说球。这个办法好,生动活泼,引人入胜,使四面八方的群众了解比赛情况,仿佛身临其境,可以普及体育,应当推广。会说球的,也是专家呀!

在贺龙的大力倡导下,中国的体育实况广播也逐渐发展起来了。

召开全国体育工作会议

1953年4月27日,贺龙在北京主持召开了第一次全国体育工作会议,就开展体育运动的规划、方针和意义,做了全面论述:

> 我们的国家是一个年轻的国家,我们在体育工作方面一般地说是不够发展的。
>
> 在国际活动方面,我们的体育代表团到各民主主义国家去了多次,特别是去年参加了奥林匹克运动会,虽然未与资本主义国家比赛,但我们的代表团也绕场一周,给我们的国家增光不少。
>
> 我们的国家有6亿多人口,占全世界人口的四分之一。但我们的体育工作和我们国家的整个状况是不相称的。

接着,贺龙又阐述了"开展人民体育事业的重要意义":

> 体育运动是新民主主义教育的重要组成部分。假如工人身体不好,就完成不了生产任务;

学生身体不好，理、工、医、农也学不好；机关干部身体不好，工作就做不下去……体育运动不但可以增进人民的身体健康，而且可以培养人们的勇敢、坚毅、机敏、纪律性等优良品质。

毛主席指出"发展体育运动，增强人民体质"，明确地指出了开展体育运动的目的是增进人民的健康，培养人民的优良品质，为国防与生产服务。而这个担子今天就担在我们肩上。

体育运动与我国经济建设、国防建设和保卫世界和平的事业是不可分的一部分。今天我们国家有两件大事：一是经济建设，一是文化建设。毛主席提出体育要为生产、国防服务。

我们必须认识体育运动是人民事业中的一种，是人民的事业……这种工作不仅现在需要，而且以后经济文化发展了，就更加需要。

现在，在体育运动的开展上还有许多障碍：虽然一般讲对体育运动是热心的，但也有个别不太热心的；也有些过去做体育工作的是体育学校毕业的，但现在不愿意做体育工作。

我们今天的体育运动是为劳动人民服务的，就是要为工人、农民、士兵和机关工作人员服务。我们决不能用旧眼光看新事物，否则我们就会犯错误。我们的体育工作要紧紧地跟上我们国家的建设事业。

另外，在4月30日的会议上，贺龙对到会的体育工作者还特别强调说：

> 今天，很多人对体育还没有很好的认识，还会看不起这工作，不一定欢迎我们。
> 我们要受一些委屈。我们要忍一点，让一点。

会后，贺龙等体委的负责人便马上着手组建了中央人民政府体育运动委员会。

1953年9月4日之后，经中共中央会议和中央人民政府委员会第二十八次会议批准：以贺龙为首，一共28人为体育运动委员会委员。

为了宣传这次会议，宣传体育事业，贺龙亲自审阅了新闻报道稿。

其实，对于体育运动来说，早在旧中国就已经存在，但是那时的体育运动事业，几乎是一片荒漠。

比如说，1932年，第十届奥运会在美国洛杉矶举行。中华全国体育协进会由于经费困难，便没有去参加。

后来，中华全国体育协进会听说伪满洲国准备派人前往，于是便仓促指派宋君复为教练，带着东北大学学生刘长春一人，乘轮船在海上颠簸了20多天，才赶到美国洛杉矶。

而我国这名运动员代表，因为没有得到充分的休息，在预赛中便被淘汰出局了。

但是，体育运动在一点一点向前发展，1936年柏林奥运会，中国也参加了。

这次中国共派出69名运动员，男运动员为67人，女运动员为2人，他们分别参加了田径、游泳、举重、拳击、自行车、篮球和足球6个大项的比赛。

其中，只有符保卢一个人通过了撑竿跳高的预赛，但是在决赛中也被淘汰出局了，而其他选手都在预赛中遭到了淘汰。

另外，中国还派了一个武术表演队和一个体育考察团。这个考察团曾赴包括德国在内的一些欧洲国家考察。中国运动员尽管在正式竞赛项目中战绩不佳，但武术表演却令西方人大开眼界，特别是双人对练受到观众热烈的欢迎。

1948年，中国再次参加伦敦奥运会，中国仅在只有四五个国家参加的远东会上取得过一些名次。此外，依然无所收获。

英国《镜报》曾刊登过一幅漫画，以此来讽刺中国人。

当时，以国内水平而言，1933年女子跳高运动员朱天真创造的全国纪录仅为1.35米，而且在15年之内竟然没有超过的人！到了1948年才被吴树森打破，成绩也只有1.40米。

而30年代轰动一时的"美人鱼"杨秀琼的游泳成绩,也还达不到50年代二级运动员的成绩标准。

同时,旧中国的体育设施,也是简陋得不得了。

1950年中共中央和政务院指示:

在各省、市建立体育机构。

但是,由于当时有些领导干部对体育工作没有起到应有的、普遍的重视,体育人才也太少。因此,体育事业并没有得到很好的发展。

到了1953年底,全国各省辖市成立体育机构的,还不足半数。

有一些已经调到体育机构工作的干部认为,做体育工作没出息,没前途,埋没了自己的一生,希望到经济建设和国防建设岗位上去工作。

有些人和亲友谈起自己的工作,便无可奈何地说:"这是组织上的调动,只得服从。不是自己愿意干的。"教员中认为体育是"小四门",不吃香。

而考入体育学院的学生,有的也说:"这是我考试中最大的一次失败,真想不到我的前途就葬送在体育学院这两年之中了。"

而且,还有不少学生不愿意佩戴体育院校的证章,觉得学体育这一行没出息,还不敢给同学写信。

对此，贺龙满怀信心地对体育工作者们说：

　　旧中国本来就是个烂摊子。我们是为了改造旧中国才革命的。
　　我们不是为了享现成的福，而是要白手起家，艰苦创业，摘掉"东亚病夫"的帽子，赶超世界先进水平。

为了更好地发展体育事业，贺龙认为，在选拔人才，组建体育机构的同时，必须大张旗鼓地向全国各界和人民群众宣传体育运动对于国计民生的重要意义，以此引起全社会、全民族对体育运动的重视。

召开运动委员会会议

1953年8月21日，中共中央会议批准：

中国共产党中央体育运动委员会党组正式成立。

体育运动委员会党组由贺龙、荣高棠、黄中组成。贺龙任党组书记，在贺龙离京期间则由荣高棠代理党组书记。

体委党组成员和有关负责人，在贺龙的主持下经过半年时间的反复讨论，以及多次修改，拟定了《中央体委党组关于加强人民体育工作的报告》。

这是关于新中国体育事业的第一份纲领性文献。

"报告"中着重指出：

体育运动不仅对改善健康状况有显著功效，而且具有增强体质，使人体全面发展和充分发扬人体劳动能力的作用，并可帮助培养人们的勇敢、坚毅、机敏、纪律性等优良品质。

"报告"系统、全面地归纳了贺龙和体委关于开展体育运动的规划与方针。

1954年1月8日,中共中央在批准体委党组的"报告"时指出:

> 报告很好。他们对目前开展体育运动的方针和各项工作意见,中央认为是正确的。
> ……
> 改善人民的健康状况,增强人民体质,是党的一项重要的政治任务。

为了更好地发展体育运动,增强人民体质,贺龙开始着手组织体育运动委员会第一次全体会议。

对于这一次的会议,周恩来曾亲自阅读了有关会议的文件,并在1954年1月12日批示道:

> 体委会议及议程同意,总结报告最好贺龙同志做。如他坚辞,再由荣做,而贺做结论。

1954年1月16日到21日,体育运动委员会第一次全体会议隆重召开。

应邀出席会议的有全体体育委员会委员,贺龙还特地请来朱德总司令和郭沫若副总理莅临宣讲做好体育工作的意义。

参加会议的还有:廖汉生、梁必业、李一氓、莫文骅、王新亨、柴泽民和各大行政区体委负责人等。

大会的开幕词由蔡廷锴所作。

贺龙做了《1953年体育工作总结报告》，荣高棠则做了《1954年体育工作计划报告》。

朱德则用自己早年学习体育专业和自己坚持体育锻炼对身体健康的益处，来说明在全国全军开展体育运动的深远意义。

在大会上，郭沫若做了即席演讲。他说：

> 体育运动在中央人民政府的领导下，在贺龙、蔡廷锴的领导下，已经取得了很显著的成绩。但现在体育机构还不十分完备，全国80多个省辖市，还只有30多个有体育委员会的机构，还不到50%，必须把机构加强一下。
>
> ……
>
> 我们中国过去是一个文弱的国家，重文轻武。特别是像我们地主家庭的子女，离家5里之外都不敢走路。家里也不让下水，下了水要挨打。这种习惯流传下来，到现在还没有完全去掉。一般人对体育的兴趣还不高。因此，有加强宣传教育的必要。

在中央的支持之下，第一次体委全委会获得成功。它促使新中国的体育运动事业更快、更健康地发展。

可见，无论是中共中央、国务院，还是国家体委，都是将发展群众性的体育运动，增强人民体质，全面发展人体机能，从而促进经济建设和增强国防能力，作为体育运动事业的宗旨。

可以说，中国体育事业具备了坚实的基础与良好的开端。

不久，体育运动事业便在各省市大力开展起来。

在各省体委机构建立以后，贺龙便多次前往，亲临指导工作，或者派人去了解情况，帮助他们解决具体工作中的各种问题。

如1961年9月上旬，贺龙委派荣高棠带领工作组到吉林、黑龙江、辽宁省体委了解体育开展的具体情况。

之后，贺龙在听取荣高棠的汇报后，于9月22日，便给吴德、欧阳钦和黄火青3个省委书记写了信。

贺龙在信中热情地赞扬了这3个省体育事业的发展和成绩，并感谢"吉林省给国家队输送了不少优秀运动员，为祖国争取了荣誉"。

同时，贺龙还肯定了"黑龙江省运动队伍的政治素质是好的……特别是速滑运动，已经进入了世界水平"。

而对于辽宁省体委党组成员赵东凡、康起、刘启新等人分别深入运动队，和运动员同吃、同住，看训练、看比赛，钻研技术的优良作风给予表扬。

贺龙诚恳地指出：

> 吉林省体委领导干部较少，多病，常调动。如有可能，最好配备一两名党员副主任。同时，希望现有体委领导干部尽可能地稳定。

此外，贺龙还向黑龙江和辽宁两省省委建议道：

> 加强对省体委的领导，帮助他们搞好团结，搞好工作。

跟贺龙一起宣传体育运动的，还有陈毅。担任过上海市市长和国务院副总理兼外交部部长的陈毅，是一位热心体育的志愿者。

由于陈毅同贺龙一样在体育事业上有着热爱与远见卓识，使他成为贺龙在体育事业上的支持者。

当贺龙在北京组织声势浩大的全国体育工作者会议时，陈毅和华东局负责体育事务的领导，也在上海召开了华东区第一届人民体育运动大会。

在大会上，陈毅动员大家说：

> 我们国家已进入大规模的经济建设的新的历史时期，为了使大规模的经济建设胜利地前进，重视发展体育运动是非常必要的。

陈毅认为，体育工作者应该"树立体育工作的专业思想"，"体育运动是一门科学"。

同时，陈毅还指出：

> 有些人认为做体育工作是一种坐"冷板凳"的工作。我认为这种看法是很不对的。我们必须把这项工作搞成"热板凳"。

可以说，国家领导人对于体育的振兴，都是极为重视的。凡是体委举办的重大活动，贺龙都会亲自请来毛泽东、刘少奇、周恩来、朱德等国家领导人出席观看，而这些领导人则做到了体育活动有请必到。

如：1959年9月，第一届全国运动会在北京隆重举行时，毛泽东、刘少奇、朱德、周恩来等党和国家的主要领导人出席了开幕式。

贺龙致开幕词。

出席闭幕式的有：宋庆龄、董必武、周恩来和越南主席胡志明。贺龙致闭幕词。

再如，1965年1月18日，毛泽东、刘少奇、周恩来、邓小平、董必武、彭真、陈毅、李富春、薄一波等接见了参加全国体育工作会议的全体代表。

国家重要领导人对体育事业的重视，给了广大运动员和体育工作者以巨大的鼓舞。

对此，有一些工业部门的领导人羡慕不已，他们说："你们动不动就把主席、总理抬走了。我们还抬不动啊！"

面对体育事业欣欣向荣的局面，贺龙自豪地对国家体委的工作人员说：

他们在吃醋嘛。这就说明中央领导对我们体育事业的重视和关怀。但是我们有的人却认为干体育没出息，是三等、十等干部。如果真是这样，我就是十等干部的头了。

此后，贺龙还叮嘱体委的工作人员说：

体育是全国人民的事业，不是体委一家的事。各有关方面，特别是教育部门、工会和共青团，要一齐动手；体育和卫生部门、军事部门的关系也很密切，要很好地配合。没有各方面的支持，体委是无能为力的。大家动起手来，还怕十年赶不上世界水平？！

可以说，贺龙是以非凡的气魄开创着中华人民共和国的体育事业，并为振兴中华体育而大声疾呼。

贺龙前往苏联考察体育

1954年7月13日贺龙离开北京，前往苏联参加苏联人民的体育节。

临行前，贺龙对周恩来和朱德说：

> 我们要趁这个机会，学习苏联开展体育运动的经验。

1954年7月18日，是苏联的体育节。

《真理报》称这个体育节为"全民的节日"。

贺龙应邀率领中国体育代表团来到苏联，贺龙给代表团成员分了工，每个人的工作各有侧重，各司其职。

代表团观摩了体育节之后，又在莫斯科、基辅、索契、第比利斯等地参观访问，从制度政策、组织机构、训练竞赛、业余训练、群众体育、场地设施等各方面考察了苏联的体育运动事业，学习到许多苏联组织大型体育活动的经验。

在不到30天的时间里，代表团不辞劳苦地走遍了各种类型的大小运动场馆、文化场地。并访问了各级政府的体育运动委员会、莫斯科航空俱乐部和列宁格勒体育科学研究院，以及工厂、集体农庄的体育组织，青少年业余体育学校。

甚至他们还去参观了农村体育运动展览馆。

8月17日,代表团归国后,在贺龙主持下进行了详细的总结,并提出根据中国体育运动的实际情况,向苏联学习经验的建议。

对此,8月27日,体育委员会向中共中央、周恩来和国务院文委党组呈递了一份"报告"。

"报告"着重介绍了苏联推行"准备劳动与卫国"体育制度和开展群众性体育运动的情况。

"报告"中说:

> 我们在发展体育运动方面,和其他工作一样,必须向苏联学习。
> ……
> 今后拟有计划地派遣一些留学生到苏联和其他兄弟国家学习。
> 并聘请一些苏联体育专家来我国工作。

"报告"参照苏联的情况,针对中国体育运动的现状指出:

> 目前各级体委干部太弱,编制太小,很难适应当前工作需要。
> 去年4月经中央编制委员会批准之各级体

委编制规定甲、乙、丙、丁4等省为24、20、16、16人；

各市亦按照上述编制配备干部，实际上很多省只有七八人，有的省甚至只有三五人。

望能趁此次大区撤销之际，予以充实。

同时，贺龙还主持草拟了一篇文章，题为《苏联的体育运动是推动共产主义建设的力量》。

在这篇文章中，贺龙以拥有100多万会员的乌克兰工会系统体育协会、体育设施为例，介绍了苏联体育运动的广泛的群众性。

贺龙在文章中指出：

这些群众性的志愿体育协会，可以说是苏联体育运动的基础和支柱。

同时，贺龙还认为，苏联共青团在开展群众性的体育运动中作出了巨大贡献，被称为"体育运动的灵魂"。

贺龙还切中要害地指出：我国在体育运动方面，必须切实地认真地向苏联学习。

8月27日，文章报送邓小平和习仲勋处阅改后，《人民日报》和《新体育》等报刊便先后给以发表。

可以说，中国体育代表团此次出访苏联，取得了丰富的经验，为刚刚起步的体育事业，探索到了一条切实可行的道路。

此后，国家体育委员会有步骤、有计划地选派了一批运动员到苏联和匈牙利等社会主义国家学习。同时，还聘请了一些苏联和匈牙利的体育专家来中国执教。

1955 到 1956 年，体委聘任苏联和匈牙利的顾问、专家、教练共 20 人，其中匈牙利 4 人。

这些外国教练以极大的热情帮助中国发展体育事业，培训体育人才。

他们中有些人在体育学院任教，有些人在运动队担任教练，有些人担任顾问。

在中央体育学院竞技指导工作的苏联田径指导，写了一篇题为《致中国体育运动委员会主任贺龙同志报告》的文章。

文章写道：

> 保证中国田径队准备圆满地参加 1956 年奥林匹克运动会和 1958 年亚洲运动会上取得胜利的问题，提出我们的见解和最近一系列措施。
>
> 我们认为这是我们的职责。

同时，他们还在报告中，提出了具体而详细的训练计划与日程。

并且指出：

在国内要提高其他运动项目水平，要基于两种因素，即群众性、技术性。

群众性和技术性是有相互作用的。

……

群众性则起决定的作用。

1956年2月，国家体育委员会聘请了苏联国家体操队教练普洛特金，以及苏联国家女子体操队队员伊凡诺娃到中国体操队任教。

为了便于苏联专家执教，贺龙还亲自指定宋子玉和温小铁给他们当助教与翻译。

1956年的夏天，国家体委在大连举办了全国田径训练班，由苏联专家授课。

学员是来自全国高等院校的体育教师。

他们都是知名的教授、副教授、讲师，以及知名体育界前辈刘长春、钱行素等人。

1958年10月2日到11月14日，国家体育委员会又聘请了捷克斯洛伐克著名长跑运动员札托倍克和他的夫人丹娜·札托倍克娃。

贺龙亲切地接见了他们。

他们在北京、上海和广州等地进行了讲学。

可以说，国家体委给外国专家提供了良好的工作条件与生活环境，而时任体育委员会主任的贺龙也对他们给予了深切的关怀。

贺龙经常同他们交谈，征询他们对体育运动的意见，并采纳了他们提出的许多宝贵建议。

这些外国专家对新中国体育事业的发展，给予了许多帮助，并作出了一些有益的贡献。

同时，他们同中国的运动员和体育工作人员也建立了跨越国界的真挚友谊。

贺龙主持修建北京体育馆

1955 年 4 月，北京体育馆落成后，贺龙对管理人员说：

要好好管理。这是发展体育运动的最好场所，是个基地，就好比作战的阵地。院子里要栽些大树，绿化环境。

此后，这座体育馆发挥了巨大的作用，许多新纪录也从这里诞生。许多重大的国内、国际比赛和重大集会，都曾在这里举行。

体育馆院内种满了杨树、柳树，郁郁葱葱，环抱着体育馆，使体育馆显得格外秀丽。

中华人民共和国成立前，全国体育场馆只有 26 个。1913 年，中国的第一座体育馆在黑龙江省满洲里建成，当时只有 400 个观众席位。

之后，在 1934 年，又修建了上海江湾体育场和比赛馆、游泳池。

中华人民共和国成立后，在北京除了 1937 年建成的先农坛体育场之外，还没有一座体育馆，而且连一个带看台的篮球场也没有。

1950年的冬天，苏联篮球队来中国访问。为了迎接新中国成立后来访的第一支外国球队，中华全国体育总会便在北京饭店对面的一块空地上，用杉篙搭成看台，用苇席围成墙和房顶，就这样临时搭起了一座容纳2000多人的简易"体育馆"。

当时，朱德不畏严寒，在这里观看了中华全国体育总会组织的第一次国际篮球比赛。

作为一个国家的首都，北京居然没有一个像样的体育馆，这怎么能行呢？

贺龙一就任体育委员会主任，就提出了这个问题。他和国家体委负责同志经过慎重研究，决定拨款修建一个设施比较齐全、设备先进的体育馆。

这个计划，得到了国务院的全力支持。

荣高棠和黄中跑遍北京市，终于在天坛东侧的太阳宫附近找到了一块可以兴建体育馆的地方。那里是一片乱葬岗，此外还有一个方圆几公里的大坑。

于是，他们便回去高兴地对贺龙说："地皮找到了，但是我们没有施工力量，也不懂建筑。"

贺龙思索一会儿，想起担任过西南军政委员会财经委员会委员，在重庆组织过城市建筑，当时在北京担任副市长的万里。

此时，这位懂建筑的万里正在外地出差。贺龙等不到他返京，便兴冲冲地给他打了长途电话，把请他出马筹建北京体育馆的想法告诉了他。

万里听说要兴建体育馆，很是兴奋，第二天便返回北京。

荣高棠和黄中见到他，便问道："你不是在外地出差吗？怎么提前回来了？"

万里风趣地说："贺老总让我抓体育馆基建，军令如山倒啊！怎能不立即报到？"

没过多久，贺龙又调来曾在重庆参加修建"重庆人民大礼堂"的张一粟。

这样，由万里挂帅，张一粟、管平等人负责，北京市设计院设计，大通公司施工，新中国的第一个体育馆便开始进入了筹备阶段。

当时，贺龙定下来的工期只有一年，而体育馆的总建筑面积却是3.3万平方米！

时间紧，任务急。这可真是"军令如山倒"，万里等负责人和设计、施工单位二话没说就立下了"军令状"：

1954年秋动工，1955年交付使用。

设计人员日夜工作，3个月便完成了图纸。

贺龙不仅审查图纸和预算，连馆内的沙发、茶几的样式，都提出了具体的建议。而且他还经常来工地视察，并看望工程技术人员和一线工人。

隆冬时节，工地的木板上结了厚厚的一层霜，此时，贺龙又来工地看望工作人员，陪同贺龙一起视察的张一粟说："贺总，当心！木板是滑的。"

贺龙说道："不要紧，雪山草地都过来了。这算什么。"

然后，贺龙疾步走到施工人员前面，高声说道：

这个工地，是体委在北京修建的第一座体育馆，一定要建好，按时竣工。

中央和北京市的许多部门都支持你们，要人给人，要钱给钱。

主楼框架搭成的时候，贺龙又请邓小平来到工地上视察。

邓小平望着3座高耸的钢铁屋架，欣慰地说：

啊，北京很快就有第一座体育馆了！

而贺龙也不无感慨地对工人们说道：

这是北京第一座大型体育馆。国家经济正在恢复，就拨出款项盖体育馆，很不容易呀！这是百年大计，一定要盖好！

参加施工的数千名职工不负众望，昼夜三班倒。经过一年多的紧张施工，1955年4月，一座占地16

公顷，由游泳馆、比赛馆、训练馆组成的，可供排球、篮球、羽毛球、乒乓球、举重、游泳等比赛和训练用的多功能体育馆全部竣工。

然而，在这座体育馆兴建过程中，甚至是在竣工后的很长时间里，还有一些不大理解体育运动事业的人认为："建规模这么大的体育馆，花这么多钱，太浪费了！"

对此，热爱体育的陈毅出面讲话了，他说：

> 有人说建体育馆浪费。我看没有就不行。体育馆给外宾印象很好，这就表明我们党、毛主席、周总理对人民体育事业的重视。
>
> 今后再过5年到10年，各省、市也都要建一个，慢慢地建。将来专区、县也要有，不能搞大的，规格可以降低，可以由群众自己出钱办。
>
> ……
>
> 如果各地为了挪用体育经费打官司告到国务院，我投你们的票。

在新落成的体育馆举行的第一次国际比赛，是中国和印度的男子排球比赛。

贺龙邀请毛泽东、刘少奇、周恩来等中央领导同志出席观看。

比赛结束后，贺龙便陪同国家领导人参观训练馆和游泳馆。

毛泽东第一次看到这样宏伟的体育馆，一下子来了兴致，幽默地说道：

呵！你们盖了这么大的一个屋啊！不错嘛！

同时，毛泽东还肯定地说：

建这么一个体育馆还是应该的。

从1952到1966年的15年间，在贺龙主持下修建的体育馆还有很多。

重庆大田湾体育场，占地9万平方米；可容纳5000名观众的重庆市体育馆，占地9544平方米；能容纳8万名观众的北京市工人体育场；为召开第一届全国运动会而兴建的体育场占地4.1公顷；能容纳13 500名观众的工人体育馆；以及北京西郊翠微山下的射击场等。

此后，还兴建了广州的二沙头体育训练基地，青岛训练基地和南京五台山体育场等。

20世纪50年代，有一次，贺龙到甘肃去视察工作，当他得知这个省还没有一座体育场时，便马上拨款50万元，修建了甘肃有史以来第一个标准的田径场，即七里河体育场。

在贺龙和国家体委的领导下，中国早在20世纪50年代初即有计划地兴建了许多中小型体育馆,共有38座。

其中包括在北京兴建的占地24公顷的老山摩托车赛车场,以及占地5公顷、拥有6个水池的陶然亭游泳场;还有在成都、广州、南京、兰州、昆明、西安建造的,规格在2.5万个席位以上的体育场。

这些体育设施的建设和管理,都倾注了贺龙的大量心血。

比如,贺龙每次到广州开会,都会抽时间到二沙头去视察。他曾对广东省体委的负责人说:

这个小岛空气好,阳光充足,环境优美,是培养运动员的理想场地。你们要建设好二沙头,管理好二沙头。

有一年,贺龙到二沙头看望运动员时,发现基地的管理人员正在砍伐翠竹,他感到非常心疼,便立即上前阻止,连声叹息道:"可惜呀,可惜!翠竹是祖国南方才有的景致之一,很可以美化环境,让运动员心旷神怡,也是一种消除疲劳的妙法。"

接着,他又对基地负责人说:"你们应该注意美化环境。今后不论砍一竹一木,都要先征得同意,不得乱来。"

此外,贺龙还积极鼓励体委有关部门研制各种体育器材,强化国家的体育装备。

对此,贺龙亲自指示国家体委举办了国产体育器材展览。他还亲临展览会,逐项检查样品质量,并提出相关的改进意见。

北京橡胶一厂生产的"京字牌"运动鞋,质量非常好。对此,贺龙对他们加以表扬,并勉励他们"生产优质羽毛球鞋为运动员服务"。

该厂职工以此为动力,不断改进,产品深受国家羽毛球运动员的喜爱。

此外,贺龙听说向外国购买射击比赛专用枪弹很困难,便鼓励国家射击队教练张福组织专家们"自己造枪"。

于是,专家们和射击队共同研究设计,仅用了两个月的时间,就试制成功了第一批国产射击专用枪。

20世纪50年代到60年代初,在贺龙领导下兴建的体育场馆,以及相关领导对体育装备的重视,为培养优秀运动员和开展群众性的体育运动,创造了良好的条件与发展前景。

三、体育队伍建设

- 1954年的一天,贺龙请荣高棠陪吴传玉到家中做客,并亲切地对吴传玉说:"你回到祖国来,很不容易;为祖国作出了贡献,更值得欢迎。你要继续努力提高游泳技术水平,为祖国争取更大的荣誉。"

- 1958年,贺龙向体育界提出:"东亚病夫"的帽子一定要摘掉!解放了的中国人民,要有争取胜利,破世界纪录的雄心和气魄,不要跟在人家屁股后头跑。

- 1963年12月30日,贺龙在第一届新兴力量运动会授奖会上说:"运动员要勤学苦练,流血流汗,不要偷懒,要找窍门……"

贺龙大胆选拔体育人才

1954年的一天,贺龙请荣高棠陪吴传玉到家中做客,并亲切地对吴传玉说:

你回到祖国来,很不容易;为祖国作出了贡献,更值得欢迎。你要继续努力提高游泳技术水平,为祖国争取更大的荣誉。

贺龙之所以请吴传玉到家做客,是因为他在第十二届世界大学生夏季运动会游泳比赛中,获得了100米仰泳和100米蝶泳亚军。

经贺龙提议,吴传玉被选举为新中国运动员中的第一位全国人民代表大会代表。

其实,早在1951年,吴传玉从印度尼西亚回到中国后,便在1953年的国际青年友谊运动会上,以1分08秒04的成绩获得了100米仰泳的金质奖章。

可惜的是,1954年10月19日,吴传玉去匈牙利学习途中,不幸因飞机失事而遇难。

贺龙闻听这件事后,感到痛失良才,对他的后事,办得极为隆重。贺龙不但出席他的追悼会,而且还号召全国体育工作者和运动员向他学习。

贺龙对于体育人才的重视，源于新中国建立之初体育人才的缺乏。

早在国家体委初创的时候，所遇到的最大困难，就是技术人才严重不足，差不多每个体育项目都缺乏教练员，以及优秀运动人才。

对此，全国各大行政区也按国家体委的要求集中训练运动员。仅1953年集中训练的运动员，就有854人。同年，在人民解放军中，又集训了1210人。

另外，在体育界如何掌握党的干部政策，由于实际经验少，所以在使用人才方面过于小心。这在组建优秀运动队伍中表现尤为明显。

在国家游泳队建队之初，曾就涂广斌是否入队问题，发生过争论。

有人认为他技术水平不错，本人政治表现也好，可以吸收为队员。

有人则认为他曾随舅舅去过台湾，社会关系复杂，不能当国家队的队员。

对于这个问题，意见一直不统一，各执己见，相持不下。

对此，贺龙表态说：

> 这有啥问题呢？他是个青年，能从台湾回来，说明他喜欢咱们的新中国。这样的运动员，不但应该吸收到国家队，还应该很好地培养。

在贺龙的首肯下，涂广斌成为国家游泳队的正式成员。不久，涂广斌便担任游泳队教练，培养出了穆祥雄等具有世界水平的优秀运动员。

这段时期，由于以贺龙为主任的国家体委正确执行党的政策，不拘一格起用人才，团结了一大批体育专家，吸引了许多海外赤子纷纷归来参与新中国的体育建设，以此来报效祖国。

比如，优秀羽毛球运动员王文教、林丰玉、陈福寿，以及汤仙虎、侯加昌、方凯祥、陈玉娘、梁小牧等人。此外，还有优秀乒乓球运动员傅其芳、容国团等人，他们都是在20世纪50年代初回到新中国的。而游泳健将吴传玉，也正是此时回到祖国大陆的。

再如，曹其纬。她是在"五四"运动中被国人斥为卖国贼的曹汝霖的嫡孙女，是由当时的上海女子排球队选入国家女排的。

对这样一位有着不光彩家史的运动员，贺龙却并没有弃之不用，反而在一次集会时，把曹其纬介绍给朱德和陈毅两位，说："她就是演电影《女篮五号》里小五号的，是曹汝霖的孙女。可现在，是我们国家队的队员。"

几天后，贺龙担心曹其纬的心理压力过大，便给她写了一封信，其大意是：

戒骄戒躁，继续为祖国多作贡献；不要背

上家庭出身的包袱，要靠拢组织，争取加入共青团；写一份自传给我。

曹其纬读罢由荣高棠转递的长达两页纸的信，禁不住热泪盈眶。

对此，荣高棠对曹其纬说："贺老总亲自给运动员写信这还是头一次。这是一份珍贵的礼物。"

后来，曹其纬果然不负贺龙的厚望，1962年，曹其纬在世界排球锦标赛上获得"优秀运动员"的称号。之后，上海市体委授予她特级体育荣誉奖章。

可以说，在曹其纬的一生中，她从来没有忘记过贺龙的培育之情。后来，她到香港定居，还在贺龙诞辰90周年之际撰文追忆这一段往事。

1954年后，经过贺龙、国家体委和各省市有关部门坚持不懈的努力，国家乒乓球队、足球队、篮球队、排球队、体操队、田径队、网球队、游泳队等各项优秀运动队相继组建和得到加强。

而且，许多优秀运动员被选送到中央体育学院和竞技指导科、体育训练班学习，有一些特别优秀的运动员还被送到国外进修。

到1963年，据不完全统计，国家体委直属各运动队的运动员曾达654人。各省市的优秀运动队队员达8305人。而全国的体育教练员为1836人。

如何管理好这支体育队伍，是贺龙这位体育运动领军人一直反复思考的问题。最后他主张，这支队伍要像军队一样有气魄、有纪律。

这是由于体育运动，尤其是球类运动，和军事有着非常相近的地方。

比如，体育界早就将"战略""战术""进攻""防守"等军事术语借用到训练和比赛之中。

在运动队建队之初，贺龙凭借几十年指挥、训练、管理军队的经验，把解放军的政治工作经验，恰当地运用到运动队中。

不仅如此，贺龙还曾请余秋里到国家体委介绍如何运用毛泽东军事思想带兵打仗的经验。

后来，经事实证明，这种做法取得了极大的成绩。

对于这一成绩，刘澜涛就曾对薛明说过：

> 中国女排的胜利，是军事与体育相结合的模范。

贺龙要摘掉东亚病夫帽子

1958年,贺龙向体育界提出:

"东亚病夫"的帽子一定要摘掉!
解放了的中国人民,要有争取胜利,破世界纪录的雄心和气魄,不要跟在人家屁股后头跑。

此外,贺龙还曾对运动员们说:

你们是新中国第一代运动员,要为革命而打球……
打球不是为了好玩,为了求一技之长,争个人名利,而是为了党和人民,为了祖国的荣誉。

其实,贺龙说这些话,是针对中国体育运动在世界体坛上不能雄立而起所说的。

早在20世纪50年代,中国运动员的技术水平普遍较低,在世界体坛上是被其他国家瞧不起的。

如,1955年8月,在波兰华沙举行第二届国际青年友谊运动会时,国际上规定体操团体比赛的规定人数是男女运动员各 8 名,而中国当时却选不出那么多,只派了男女运动员各 5 名选手,参加个人比赛。

而且在比赛时,男子第一项参赛项目恰恰是中国水平最差的鞍马,由于技术水平比较低,中国的第一个运动员刚刚上马就掉了下来,致使士气大挫。

到了比赛跳马时,中国运动员做完运动落地后,却继续前冲,结果掉到了比赛台下。

而最令中国运动员难堪的是,在比赛吊环时,中国选手开始做动作了,一位外国裁判却低下头开汽水瓶盖,当这位裁判开始喝汽水时,才发现中国运动员的动作已经做完了。于是,这位裁判就随便给了一个"8"分,并不把中国选手当回事。

另外,还有一些外国裁判员在中国运动员比赛时,却掉头去看正在比赛其他项目的外国运动员,而到打分时,只随便给中国运动员一个分便算完了。

中国体操运动员受到国际体育界这样的冷眼,内心极为悲愤,他们含泪宣誓道:

不为国争光,死不瞑目!这一代不行,下一代接着干!

后来,贺龙便用这些事例来教育运动员。他说:

> 软弱，就会被外国人瞧不起。你们一方面要卧薪尝胆，刻苦锻炼；一方面要敢于和外国强手较量，夺取胜利。

此后，一大批体育健儿纷纷奋起响应贺龙的号召，刻苦锻炼，为雪前耻万苦不怨。

1959年，我国选手容国团参加第二十五届世界乒乓球锦标赛，在男子单打比赛中，容国团为中国夺取了第一个世界冠军。

也就是在这一年，中国在国际比赛中连克强队：足球胜了匈牙利二队；男篮赢了欧洲冠军捷克斯洛伐克队。

贺龙得知这样的好消息，为之一振。他不但及时表彰取得胜利的运动员，而且还号召运动员继续向世界纪录冲刺。

贺龙虽然要求运动员在国内国际比赛中好强争胜，但他绝不一味要求运动员只准赢不准输。

贺龙认为：

> 胜败乃兵家常事，比赛有赢有输，不能仅以胜败论英雄；但是，不论输赢，都要"打"出中华民族的精神，"打"出自己的风格。

也就是说，只要运动员打出了自己的独特风格和发挥了现有的最高水平，但由于技术实力不敌对手，即使是失败,那也是无可厚非的事情;相反,尽管运动员打败了对手,但风格不好,也不能算是胜利,反而应该受到批评。

这就是贺龙常讲的:

输球不能输人;赢球还要赢人。

对此,贺龙也是说到做到的。参加国际比赛的运动员回国后,无论输赢,贺龙都一视同仁,热情接待。

对此,有些一时失利的运动员,面对贺老总如此真挚的情感,都感动得流下眼泪。

1965年5月,贺龙对黑龙江省体育工作的指示中说:

要打出风格,打出水平。打出什么风格,要打出中国的风格;打出什么水平?世界水平。

此外,贺龙还在赛前动员运动员们说:

只要你们打出了风格,打出了水平,赢了算你们的,输了算我贺龙的。

对于"打出风格,打出水平"这一句话,贺龙是从《北京晚报》上读到的。

贺龙看到这一句话,便立即从中发现了深刻的内涵,并把它作为明确的口号，在体育界大力倡导。

这句口号的产生，还是在迎接第二十六届世界乒乓球锦标赛之时，由女运动员胡克明接受《北京晚报》记者采访时说出的。那时，她说：

> 我自己的打算是要打出风格，打出水平。

这两句简单而淳朴的话，当时并没有引起人们的注意。有的人还认为这两句话是消极保守的，而且没有明确的求胜目标。

但是，当周恩来听到贺龙说出这句话后，也非常赞赏这一口号。

从此，"打出风格，打出水平"的口号，便成为全国体育运动的行动指南，成为中国体育界的一个重要指导思想。

此外，贺龙还要求每一名中国运动员参加运动会要遵守纪律，不要打架闹事，指出"这是国家文明的表现"。

贺龙说：

> 发扬高尚的爱国主义和集体主义精神，发扬勇敢顽强、团结友爱、胜不骄、败不馁的新的体育道德作风。

在周恩来和贺龙等老一辈革命家的倡导下,中国体育界树立起了社会主义国家应有的体育道德。

随后,由于国际体育交往的增多,贺龙和周恩来、陈毅共同制定了参加国际比赛的16字要求:

加强团结,增进友谊,互相学习,共同提高。

在这个精神的指示下,中国体育运动员在历次国际比赛中,都以良好的风尚,赢得了各国运动员和观众的尊重与赞誉。

贺龙提出体育训练原则

1963年12月30日,贺龙在第一届新兴力量运动会授奖会上说:

运动员要勤学苦练,流血流汗,不要偷懒,要找窍门……

运动量要加大才行。要学日本队的战斗精神,士气旺盛要学朝鲜。还要学解放军,解放军是任何仗都能打,任何苦都能吃,任何困难都能克服的。

多年来,贺龙一直在运动训练、比赛的方针、原则和战略战术上,潜心研究,从各运动队的实践中,总结出许多行之有效的经验,不仅充实了运动技术理论的宝库,也使得教练员和运动员的技术与素质有所提高。

贺龙主张运动训练的难度要大幅度地超过比赛的难度,才能使运动员在比赛时最大限度地发挥技术水平。

而且,贺龙和体育界人士还把人民解放军进行军事训练时总结出的"三从"原则,即从难、从严、从实战出发,再加上"大运动量训练",归结为"三从一大",并运用于运动员的基础训练和专项训练上,结果取得了显著的成绩。

1965年，贺龙在第二届全国运动会筹委会上，一再强调说：

田径是体育运动的基础，要当个重点抓。

其实，早在1958年10月24日，贺龙接见山西省体育工作者时就讲道：

田径是基础，各种体育运动都离不开田径。普及田径，不受场地限制，马路可以跑，山沟可以跑……到处可以锻炼，什么人都可以参加，所以也容易普及。要打败美国，必须先抓田径。

由于新中国田径运动的基础很差，体育基础科学和运动训练的先进科学方法还没有建立，教练员的经验是非常缺乏的，因此在很多问题的解决上都得益于贺龙的建议和指导。

比如，在1959年1月20日，贺龙对上海体育工作者说：

百米，一秒钟能跑几步，是可以计算出来的。然后再给运动员讲清楚如何练。

跑跳，过去有很多办法，如绑沙袋等，我

们要研究。

> 跑百米的，要跑 300 米；跑万米的，要跑 15000 米；跑马拉松的，要多跑几公里。这样，才能最后冲刺。

此外，他们还共同总结出了"三不怕"和"五过硬"的口号。

这"三不怕"是指：不怕苦、不怕难、不怕伤；"五过硬"是指：思想过硬、身体过硬、技术过硬、训练过硬、比赛过硬。

对此，西南军区"战斗"体工队的著名女运动员陈正绣，认真地按照贺龙的建议苦练，她在训练时，经常和队友们在双腿上绑沙袋，在训练过程中她从不叫苦叫累，摔倒了，她起来打打身上的土，又接着训练。同时，她还结合其他方法训练。

因此，陈正绣才取得了非常好的成绩。她曾保持了自 1955 到 1959 年，除 1956 年外的女子 800 米全国纪录；并先后 14 次打破女子 400 米和 800 米的全国纪录。

1964 年 6 月下旬，贺龙在国家体委党组会议上仍反复强调说：

> 领导上要反骄娇二气，教练员、运动员也要反骄娇二气。

贺龙历来反对三种训练方法：

一是搞形式主义，把运动员训练成"打虎将李忠"，只会耍花架子，没有真功夫；

二是把运动员训练成瞻前顾后、畏首畏尾的懦夫，比赛时软绵绵的，像外国人批评的"踢姑娘球"；

三是把运动员训练成木头人，不会临机处理问题，也不能发挥积极性，在比赛场上看场外教练的眼色，"一步几回头"。

对此，贺龙还曾风趣地打比喻说：

> 运动员都要训练成"武松"，粗中有细，不能训练成"林黛玉"。
>
> 要敢于和强手比，把世界强队比下去。我们的腰杆要硬，胆子要大，心要细，既要有打虎的功夫，又要有绣花的功夫。

对于这三种训练方法，其实早在1955年，国家网球队成立之初，贺龙就已经提了出来。

那时，一时间还聘不到教练员，队员们也没有什么训练经验，只是根据自己的特点，爱练什么就练什么。

而贺龙也常到天坛公园看他们练球，还不时试试身手。来过几次之后，他就发现了问题。

一次，他对女队员卢摊说：

我们打的是"老爷球",打一打,出一身汗就算锻炼了身体。你们的任务就不同了,是要尽快地提高技术。

接着,贺龙又说:

我观察了几次,你们现在的练法不行。你们需要科学的训练方法。首先要找出每个人技术上的优缺点,然后再有针对性地练习,提高得才能快。

我给你们想了个办法,你们开个会研究一下,制定一张表格,记录每次比赛时失分、得分各多少,原因是什么。

积累起来以后,再具体分析。这样,训练就有了针对性了。

当天晚上,8名网球队员便认真地制定了一张技术统计表,第二天便开始使用。

对此,有一些到网球队看训练的人觉得非常新鲜,便问道:"打球就打球呗,还记什么表格呀?"

网球队员们则非常自豪地说:"这是贺老总为我们设计的,它每天都能让我们看到自己的缺点,大有用处呢!"

可以说,作为国家体育的领军人,贺龙不但要求运

动员有强健的体魄、高超的技艺、坚强的毅力、勇敢的精神，还要具备一个健全的、聪明的头脑，并且要懂得巧练、智取，而不蛮干。

同时，贺龙还要求运动员，不仅要成为优秀的运动员，还要成为体育运动的宣传员、组织员和技术辅导员，从而使体育事业后继有人，不断向新的高度攀登。

贺龙对体育人员提出要求

1964年5月,贺龙给李达下达了一道口头指示,其内容为:

> 所有的教练员都要下场和运动员一起练,反对站在场外当观众。有些运动员出身的教练员成了大胖子。要强迫他们下场,要让他们的体重下降几公斤。教练员都必须向郭兴福学习,遇事要做运动员的表率,训练中做示范,身教重于言教。

这里贺龙所说的郭兴福,是解放军某部的军官,曾创造"郭兴福教学法",之后全军学习他的教学法。因此,此处贺龙打了这个比方来说体育事业。可见,贺龙对教练员寄予了殷切的期望。

曾经有这样一个故事,那还是贺龙到北京体育学院检查工作时,发现在训练场上有一位教练正在指手画脚地给运动员讲解投篮技术。

贺龙便远远地站在一旁观看,但是许久都不见教练做示范动作。

贺龙忍不住了,他走到那位教练员身边说:"请你给运动员做做示范动作吧。"

由于贺龙突然来到教练面前，教练过于紧张，连投数球，竟没有一个投中的。

此后，贺龙便以这件事为例，强调说：

> 提高教练员的水平很重要。以后要多搞些各项运动的训练，教练员、裁判员轮流去学。对教练员要求要严格……要求不严，训练不好。

此外，贺龙还强调要学习、借鉴国外的先进训练方法。对于这个问题，贺龙亦有许多论述。

为此，贺龙派出大批运动员到许多国家接受训练，同时还聘请了许多外国专家来华执教。

贺龙主张积极地、虚心地、广泛地学习外来的先进经验。但是，他也反对盲目照搬，甚至丢掉自己固有的、被实践证明是行之有效的好方法。

同时，贺龙还纠正了不少运动队中出现的某些错误倾向。

比如，关于如何学习国外的"减轻体重""周期学"的问题，贺龙说：

> 苏联的体操运动员有的体重70公斤，当然要减轻体重。而我们体重只有四五十公斤的运动员也跟着减轻体重，结果在平衡木上站也站

不住。

苏联天气冷，搞"周期学"，我们也照搬。结果运动队冬天往南方跑，夏天往北方跑。骄娇二气！这首先是领导干部对运动队过分溺爱而发展起来的。

贺龙还谆谆教导说：

要在自己的基础上学习外国先进的东西。不能学了别人的，丢了自己的特长和固有风格。

我们有自己的好东西，有自己的特点、特长，不能都学人家的。老跟在人家后面跑不行。

只要贺龙一有机会，便提醒教练员和运动员们要研究多种训练方法，全面提高运动员的素质，不要老是单一的思维模式，或者搞教条主义。

其实，早在1961年6月9日，贺龙在第二十六届世界乒乓球锦标赛授奖大会上就批评了那种不正确的训练方法，他说：

训练了身体丢了技术；训练了技术丢了身体。

像猴子掰包谷，掰一个丢一个。

另外，1959年9月，第一届全国运动会在北京隆重举行后，贺龙在各代表团团长会议上说：

> 全运会体操得第一名的运动员，训练不到一年，就掌握了很多高级动作。而我们的老运动员训练了5年，却被打下去了。为什么不采取别的办法训练？这次技巧第一名，是安徽杂技团训练出来的！这就很值得考虑，不能总是老一套。42个项目，都要采取各种方法训练。

对于足球运动员的训练，贺龙说："我们现在只会右脚踢。人家左脚也能踢，各种方式都能踢。"

贺龙还多次建议道："足球运动员的两条腿要训练成两只手一样，要用各种方法训练。"

对于举重训练问题，贺龙指出："陈镜开只是挺举好，抓举和推举不好，'三条腿'变成'一条腿'，结果只能得单项冠军，总成绩是人家的。"因此，贺龙建议在训练时挺举、抓举、推举三者一起抓。

总之，贺龙要求每一名运动员、每一支运动队不论在战术上，还是在技术上，都要有自己的风格。同时，他提倡运动队"在战术上要有几套"，做到"人变我变，机动灵活"。

四、体育队伍发展

- 贺龙还对国家体委教育司的正副司长任思治和董念黎说:"北京体院是我国体育界的最高学府。在学术上要有我们的教授,成为世界上一个有权威的体育中心。"

- 1958年9月18日,贺龙指示道:科研人员要为迅速摘掉"东亚病夫"的帽子,增进人民的身体健康,提高体育运动水平,作出贡献。

- 贺龙便找到北京体育学院院长钟师统,说道:"希望你亲自跟要求入党的运动员们谈谈。谈一次不行、再谈两次、十次、百次,直到谈得他们够党员条件。"

贺龙创建中央体育学院

1953年11月1日,师生们一大早便忙着把先农坛体育场看台下面的空间打扫干净,又搬来了床和柜子,他们欢呼着把宿舍收拾好了。然后,师生们又在一处开阔的地方搭起了席棚,教室和食堂也搭建起来了。

就在这一天,中央体育学院在北京先农坛正式开学了。钟师统任院长,徐英超、赵斌任副院长。

学院的院址虽然是临时性的,但师生们学习战时部队的作风,不畏艰难与简陋,把学校搭建起来。

至此,中华人民共和国的第一所体育学院就这样应运而生了。

当时,为了更大规模地开展体育运动,就必须尽快培养大批体育干部与人才。

对此,贺龙深谋远虑,他从出任国家体委主任开始,就着手筹备培养体育干部的最高学府,即中央体育学院。

为此,贺龙向老战友习仲勋要一名院长。

习仲勋却很抱歉地说:"我也没有合适的人选。还是你自己找吧。"

贺龙在习仲勋那里一无所获。突然,他想到了战争年代曾在一二〇师军政干校担任过副校长,当时在四川担任文教委员会副主任的钟师统。

于是，贺龙马上就给正在昆明安宁温泉养病的钟师统发了一个急电，请他速回重庆。

钟师统不知何事，便星夜赶到贺龙那里。

贺龙见到他，只见他脸晒得黑黑的，气色很不错，就笑眯眯地问："身体好了吗？能工作了吗？"

钟师统说："好多了。本来就准备回来上班的。"

贺龙说道："那好。现在，中央叫我搞体育，要搞，先得抓干部。体委已经决定在北京办个体育学院。你办学校有经验，这个院长就由你来当吧！"

钟师统从未做过体育工作，也不大愿意搞，便坦率地说："贺总，我不熟悉体育，想去搞工业。"

"嗯，你身体搞工业受不了，搞体育倒还合适。"

"我不懂体育，怕干不了啊！"

"哈哈……"贺龙大笑起来，"你是不是看不上这个院长？你可不能小看这个院长，当个院长可是了不起的！我们赫赫有名的刘伯承将军不就当了军事学院的院长吗？"

钟师统忙解释道："贺总，那倒不是的。主要是因为我不懂体育，怕干不好。"

"没有什么干不了的！我还不是跟你一样不懂，也当起体委主任来了。"贺龙笑着说道。

钟师统考虑了一下，又说："贺总，我看还是由您亲自担任院长，我们去做些具体工作。过去办'贺龙中学'，不就是这么做的吗？"

"那不必了,那是战争年代的需要,现在情况不同了。你放手大胆去干吧。需要几个帮手,你就提出来,我给你调。"

钟师统被贺龙的信任感动了,于是他决心挑起体育学院这个重担,并提出了和赵斌、李树平、邓乙真等人,一起参加体育工作。

赵斌曾在一二〇师教导队工作过,曾是"战斗"排球队的队员。贺龙对他非常熟悉,还知道他担任了中国人民志愿军某坦克团团长。

1953年,当赵斌回国参加国庆观礼时,贺龙便派秘书把他接到了住地。

这时,西南军区的同志正在向贺龙汇报工作。贺龙便握了握赵斌的手,抱歉地说:"对不起,你稍坐,我和他们谈完就来。"

赵斌坐在会客室,心情极为不平静。一位高级将领派车把一个小小的团长接到住处,这叫他怎么能够心情平静呢?

贺龙走过来后,说道:"他们谈完了,该咱们谈谈了。"

贺龙刚坐下,秘书报告:"贺总,中央通知您马上去开会。"

贺龙无可奈何地笑了笑,说:"你看,又是不巧。我没有时间跟你具体谈了。现在要办体育学院,你别回朝鲜了,来跟钟师统一块儿搞吧!"

赵斌感到十分意外，但由于是贺老总亲自出马，盛情难却，于是他没有犹豫，便脱下志愿军军服，和钟师统一起去筹建体育学院了。

后来，他曾对人说：

> 我当时的确是不大愿意来的。但贺老总太有感染力了，让人不能不来。

1956年，中央体育学院迁至北郊圆明园废墟北面的新校舍，更名北京体育学院。

贺龙从校址的选择、校舍蓝图的审定，到办校方针、学制安排、课题设置，以至学生的生活，无一不亲自过问。

1959年10月4日，贺龙在第一届全运会代表团团长会议上讲话指出：

> 体育是门科学，体育学院应该担负起这个任务，要在战术、技术、解剖和体育理论等方面搞出一套东西来，为加速提高运动技术水平和训练工作服务。

贺龙还对国家体委教育司的正副司长任思治和董念黎说：

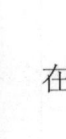

　　北京体院是我国体育界的最高学府。在学术上要有我们的教授，成为世界上一个有权威的体育中心。

按照贺龙的规划，体育院校要"培养高质量的体育专业人才，还要出运动健将"。

贺龙还指出：

　　体育院校，一种是长期的，培养师资；一种办短期轮训班，包括干部、教练员、运动员。

贺龙还对各级体委指示道：

　　要大办业余体育学校，采取大中小结合的办法，大量训练干部和技术人才，才能保证群众体育运动日益增长的需要。

据此，国家体委和有关行政区、省体委相配合，将南昌大学体育科与华中高等师范学校体育系合并，在南昌成立了中南体育学院。

以西北师范学院体育系为基础，在西安成立了西北体育学院，在沈阳成立了东北体育学院。

把成都体育专科学校与贵阳师范学院体育科合并，在成都成立了西南体育学院。

再加上1952年11月成立的华东体育学院，到1954年，在全国就建立了6所体育学院。

这几所体育学院到1954年，培养了4075名毕业生，3621名训练干部，组织了4440名体育教师前来进修。

1959年，即北京体院建院6周年之际，教师已由开办时的14名增加到336名。

在校学生也由建院时的51人，发展到2644人，其中1003人已经达到运动健将的标准。

他们在6年中，为国家输送了2500多名体育干部，相当于原北京师范大学体育系1919至1948年毕业生总数的5倍多。

1960年后，全国30所体育院校缩编为10所。这样，北京体育学院的任务也就相应加重了。因此，贺龙对体育院校的要求就更加严格，期望也就更高。

1964年，贺龙和军委领导人在全军推广郭兴福教学法时，贺龙就找到董念黎，向他施加"压力"，说道：

> 郭兴福教学法出来了。上海体育学院学习郭兴福教学法的报告就很好。我已经让体委转发给各地了，也让《体育报》摘登一下。
>
> 你们这么多人，有这么多教授，都要超过郭兴福。这事交给你办，一定要办好。出不了成绩，我就找你！

于是，郭兴福教学法也就应运而生了。

1965年，贺龙先后两次向钟师统和董念黎提出了高标准。这一标准的提出，是为了促进北京体育学院多出成绩，成为全国体育院校的榜样。

2月20日上午，这是第一次提出高标准。贺龙陪同坦桑尼亚总统尼雷尔参观北京体育学院之后，单独对钟师统等人说：

现在全国全党全军都在学毛选，学解放军，学大庆。

我看，对你们来说，就是把教学搞好。但是，不学习，也搞不好教学。

有的人喊忙，说没有时间看报。我每天有十五六万字的东西要看，看不过来，就让秘书摘要点。不看，哪能行！毛主席说，不学习，就要完蛋。

全国10所体育学院，北京体育学院是中央的重点学校之一，但是你们没有成为样板。不成为样板，人家向你们学习什么嘛……

9月27日，是第二次提出标准。

贺龙在北京工人体育馆接见了参加体育学院院长会议和《体育报》记者会议的全体人员之后，向董念黎问道："你管体育学院工作几年了？"

董念黎答:"9年。"

贺龙说道:

　　管了9年,没有搞出样板怎么行,要在北京体院进行调查研究,作出报告,写出文章。限你半年拿出调查报告,先发给各体育学院看,大家认为可以,我才打收条。

贺龙又对钟师统说:

　　北京体育学院办了10多年了,明年能不能成为样板?1966年8月要搞出样板来!抓紧一些,努努力。这么多的体育学院,没有样板不行。你们旁边是清华,清华是样板,要向他们学习。

贺龙又转而对在座的所有同志说:

　　对党的事业,不能客客气气。我们说话不客气。你们回去也不要客气。

　　1965年,北京体育学院举行校庆,这次校庆是以召开学术论文报告会的形式举行的。
　　黄中、李梦华陪同贺龙聆听了师生们的学术报告,贺龙对这所学院取得的成绩是非常满意的,也曾自豪地向外国来宾介绍它的建筑规模、设施和教学成绩。

最后,贺龙同全院师生员工合影留念。

在1966年以前,北京体育学院培养的毕业生,已遍布中国各地,成为体育教学、运动训练、体育科学研究和管理的一支中坚力量。

其中,有不少人已成为教授、研究员;还有数十人获得了博士、副博士学位;还有被选拔到省、自治区、直辖市体委和体育学院担任领导职务。

可以说,北京体育学院和全国其他体育学院,没有辜负贺龙的期望。

而贺龙要建立中国的最高体育学府,培养中国的体育教授的愿望,也如愿以偿,成为现实。

体育科学研究所成立

1958年9月18日,在贺龙和蔡树藩的指导下,北京体育科学研究所正式挂出了牌子。贺龙对研究所寄予了厚望,指示道:

> 科研人员要为迅速摘掉"东亚病夫"的帽子,增进人民的身体健康,提高体育运动水平,作出贡献。

北京体育科学研究所第一任所长是由赵斌兼任的。

研究所是以北京体育学院研究生部和1955年选派出国学习归来的研究生和大学生为基本力量组建而成的。

早在1955年,中国科学院为奖励科学研究成果,曾两次向体委系统征集优秀的体育科学研究成果。

但当时除了中央体育学院于1954年刚刚建立研究部外,全国尚无一个专门的体育科研机构。

因此,国家体委竟然拿不出一项成果来。

根据这种情况,1956年3月,贺龙和国家体委便提出一项指示:

> 由中央体育学院召集了中国第一次体育科

学论文讨论会。

同时，6所体育学院制定了231项研究课题。

之后，1958年，国家体委报经贺龙批准，由赵斌和阎宗坡等带领体育科学考察团到苏联取经。

他们归国后汇报时，贺龙极为认真地逐项询问，并一再叮嘱：

> 学习苏联，一定要根据我们国家的实际情况来确定科研课题、设备和人员编制，不能生搬硬套。

1962年，贺龙又提出：

> 钉鞋、乒乓球拍等都值得研究，这和部队战士手中的武器一样，需要不断研究和改进。

据此，科研所连续试制了4批68种木板、15种胶皮、7种海绵的样品，通过近200人次的试用，搜集数据，进行科学分析，找到了适合中国乒乓球运动员使用的乒乓球拍的类型和规格。

在试制的过程中，所用的海绵、胶皮都达到了日本有名的蝴蝶牌的水平，木板则达到当时美国威尔逊牌的水平。

1964年,第一届全国体育科学报告会在北京召开。贺龙非常高兴地出席了这次盛会。这次大会为中国的体育科研事业打下了良好的基础。

会上,宣读了论文和书面发言,共有109篇,涉及体育教学、运动训练、运动生理和运动医学等方方面面。

其实,早在20世纪50年代初,贺龙对运动医学就给予了关注,并开始物色学有专长的人才。

他发现四川在这方面有一定的基础,于是贺龙在1958年,便指示成都体育学院"把体育医院办起来"。这样,中国第一所体育医院在成都体育学院诞生了。

在成都体院创办附属体育医院前后,贺龙给予了各方面的支持,并要求他们继承和发扬祖国的医药遗产。同时,贺龙还指出:

> 治疗骨伤不要单靠西医,要中西医结合,把简单、方便、花钱少的,以中医为主的骨伤治疗技术扶植和发展起来。

这所医院的郑怀贤医生,从事武术工作数十年,有一套以中医治疗骨伤的方法。

贺龙曾经由于打乒乓球挫伤过拇指,而且久治不愈,后来由郑怀贤医治好了。

对此,贺龙极为看重他的医术,又请他为好几名运动员治伤,都有着非常好的疗效。

因此，贺龙勉励郑怀贤不仅要传授武术，还要把医术贡献出来。

根据贺龙的指示，成都体育学院先后举办了两期由各省市运动队保健医生参加的骨伤科训练班，由郑怀贤等授课，讲授治疗骨病的医术。

贺龙对于运动医学的推广不止于此，他还在1959年，同卫生系统协商，成立了北京运动医学研究所。

到了20世纪60年代，又相继建立了一些研究机构。如，上海、黑龙江体育科研所，广东省体委科研室，成都体育学院体育史研究室，运动医学研究室。

这标志着中国的体育科学研究，有了一个良好的开端，并且已经有了一定的规模。

到1963年底，在全国高等学校中从事体育教学的教授已有47人，副教授185人，讲师1160人，以及一级以上的教练员和科学技术人员，总数已达到2000人左右。

此后，为把这部分人联系起来，从深度和广度上推动体育科研工作，体育界人士多次建议成立"中国体育学会"。

对此，贺龙也是极为赞成，并大力支持这一倡议。

但是，由于种种原因，此事被搁置了。直到16年后，中国体育科学学会终于在北京成立。

1964年，国家体委成立了体育科学工作委员会，李梦华兼主任。

1964年6月，在国家体委党组会上，贺龙曾反复强调：

> 体育科学研究所也要加强一下，给他们出些题目，让他们去研究。

同时，贺龙还针对一些研究人员过分注重旧的或外来的图书和资料的倾向，提醒他们说：

> 研究人员应当经常在场地上，因为研究的对象是运动员。

由于贺龙和国家体委的重视，在人力、经费、设备上给予了极大的支持，体育科研工作逐步开展起来了。

贺龙还经常督促体育科研所尽快拿出科研成果来，并要求所长赵斌每三个月向他做一次书面报告。

在北京体育学院的一次学术报告上，贺龙谈了关于体育科研的设想：

> 为了促进体育事业的发展，现在搞一个体育科学研究所。将来要搞若干个，还要成立体育科学研究院。通过科学研究和体育锻炼，能不能让中国人的平均身高增加一寸？

因此，北京体育科学研究所成立之后，便同体育学院的 500 多名毕业生深入厂矿、商店、街道，开展群众体育的研究。

他们根据不同工种的劳动特点，组织编排了纺织工人操、钢铁工人操、建筑工人操、电子工人操、司机操、煤矿工人操、售货员操等一系列生产操和广播操。

为了大力推广这些体操，科研所曾在北京官园组织了生产操和广播操的表演。

贺龙对于研究所编排的这些体操，非常赞赏，他指示科研人员边推广边完善。

可以说，这些生产操，在中国体育史上也是一次创举。

第二十六届世界乒乓球锦标赛前夕，体育科研所搜集到了日本乒乓球运动员使用弧圈球技术的资料，并及时译成中文。同时，研究所还翻译了几百万字的世界乒乓球技术资料，给中国乒乓球队提供了大量信息。

当中国队在第二十六届世界乒乓球锦标赛上取得巨大胜利时，贺龙对乒乓小将们说：你们不要忘了科研所提供的资料，他们立了一功！

贺龙关心运动员的成长

1959年的一个春天,贺龙问正在北京体育学院学习的姜玉民:"你写入党申请书了吗?"

姜玉民回答说:"写了。"

姜玉民是著名的女子短跑运动员,曾以11秒6的成绩保持了多年的女子百米全国纪录。

"支部书记找你谈过话吗?"贺龙接着问道。

"没有。"

"钟师统没有找过你?"

"没有。"

于是,贺龙便找到北京体育学院院长钟师统,说道:

希望你亲自跟要求入党的运动员们谈谈。谈一次不行,再谈两次,十次,百次,直到谈得他们够党员条件。中华人民共和国的优秀运动员是个共产党员,影响很大。不要光在技术上用他们,要在政治上关心他们。

贺龙认为,优秀的运动员,不仅是技术骨干,还应当具有较高的政治、思想素养,成为政治上的骨干。

为此,贺龙指示体委各级党、团组织,借鉴战争年代解放军把党支部建在连队的经验，逐步在运动队中建立党、团支部或小组。并且培养运动员、教练员成为中共党员或共青团员。

但是，由于一些优秀教练员、运动员出身和社会关系比较复杂，一些党组织负责人对于吸收他们入党顾虑重重。

对此，贺龙曾多次批评他们思想保守。他说：

> 如果对运动员许愿，说成绩好了可以入党，这样拿入党做交易是不对的。但对作出了贡献，政治表现好的同志，就应当积极培养，发展入党。

1959年和1960年上半年，国家队发展了一批党员。贺龙感到非常欣慰，及时地给予了表扬。

1960年9月19日，贺龙在九省市体委主任会议上说：

> 这两年国家队有提高，特别是政治上提高得快些。杨伯铺、史万春等优秀运动员入党了。但有的队党团员仍然很少。不少人过去不看书，不读报。有的女队员只看爱情小说，很少看政治书籍。要提倡读书……不读书报，运动员在政治上不能提高。

以后，在教练员和运动员中又陆续发展了一些党团员。但是，由于有的党组织负责人过于强调一些运动员的不足之处，也不知如何着手帮助他们。

贺龙觉察到这种情况后，便在1964年6月下旬的国家体委党组会议上着重谈了这个问题。他说：

> 有些运动员就是将来的干部。军队有的新兵，3年内由团员到党员。我们的运动员最少的有5年的历史，但入党的很少。陈镜开9次破举重世界纪录，郑凤荣打破女子跳高世界纪录，为什么不能入党？

贺龙强调党组每年都要专门讨论两三次发展教练员、运动员入党的问题，并且注意"从政治上培养运动员，培养接班人"。

之后，贺龙又在党组会上谈了对陈镜开的一些看法：

> 陈镜开有4条好处：一、9次破世界纪录；二、临阵勇敢顽强；三、有伤仍坚持训练；四、有任务就抛开个人问题。他的工作做好了，就会影响大家。怎么做他的工作呢？比如，既然已经知道他比赛完了就要请假回家，我看领导上就应该主动提出来，放假让他回家，甚至还

可给他路费。只要我们主动做工作，运动员队伍就会转变的。

不久，贺龙又向有关负责人问道："陈镜开入党了没有？"

有关负责人回答说："正在培养。"

"陈镜开还是个孩子，但他是个技术尖子。在政治上要培养他，将来起作用的是他们。"贺龙说。

"有人说陈镜开思想落后。"负责人说。

"看人要看他的实践嘛！人家9次破世界纪录，在腰伤很重的情况下，还能为祖国的荣誉去冲击世界纪录。我看这就是思想觉悟高的表现。"贺龙有些生气了。

关于其他优秀运动员入党的问题，贺龙也非常重视，他说道："郑凤荣出了成绩，总理亲自给她献花，要好好培养她。钱澄海、倪志钦、吴浮山、符大进、蔡艺墅等，都要好好培养。"

贺龙所说的献花，那还是1957年10月20日，贺龙陪同周恩来到北京体育学院观看田径比赛。

见到贺龙与周恩来前来，郑凤荣非常激动。郑凤荣早在3个月前，曾经在柏林以1.72米的成绩获得国际田径比赛女子跳高第一名。

而此时，她想在贺龙与周恩来面前跳出好成绩，但由于急于求成，她只越过了1.70米的横杆。

贺龙笑着招了招手，让她过来，并把她介绍给周恩来。

郑凤荣不好意思地低下头，说道："总理，我没有跳好。"

周恩来笑着说："你还年轻，来日方长嘛！"说着，把学院献给他的一束鲜花转赠给了郑凤荣。

郑凤荣接过鲜花，眼泪止不住地滑落，打在鲜花上，犹如一滴滴露珠。

一个多月之后，郑凤荣即以1.77米的成绩打破了由美国运动员麦克·丹尼尔所保持的1.76米的世界女子跳高纪录。这是中国女运动员首次打破世界田径纪录。

对此，美联社的一则报道说：

> 一位20岁的中国姑娘，在北京以有力的一跳，警告世界田径界：6亿中国人不会永远是落后的选手了。

此外，还有评论说：郑凤荣是"宣布中国体育运动的春天降临的一只燕子"。

4年之后，也就是1961年，体育界在北京体育馆召开了国家队建队10周年纪念大会。

大家在会前就商量好要给为创建国家队付出大量心血的贺龙献花，并公推郑凤荣来完成这一任务。

在贺龙亲临祝贺时，郑凤荣便十分高兴地抱着一大束鲜花，带着队友们的委托，跑上主席台，把鲜花捧到了贺龙面前。

谁知，贺龙却连连摆手，并且说道："今天我是来向国家队祝贺的。你这是干什么？"说着，他把鲜花推了过去。又说："我不敢当啊！周总理还给你献过花呢！这在周总理来说，是从没有过的，你是第一个。"

郑凤荣听后，有些不知所措，又把鲜花推给贺龙。

贺龙还是不接受，就又给推过来，说道："我不能接受这束花，我还应该给你献花呢！"

郑凤荣没想到献花比跳高还难！贺老总坚持不收，这可怎么办呢？

她急中生智，恳求道："老总！这是全体运动员委托我献给您的。我完不成任务，大家要骂我的。您收下吧！"她说完这句话后，急忙把花塞到贺龙手里，然后飞快地跑下了主席台。

贺龙很看重周恩来给郑凤荣献花这件事，认为这不仅是献一束花的问题，而是表达了周恩来对新一代女运动员所寄予的希望。

同时，贺龙还一再地指示郑凤荣所在单位的党组织负责人，要帮助她提高政治觉悟和各方面的素养，早日使她成长为一名共产党员。

贺龙对运动员的关心，不仅仅只是郑凤荣。还有许多运动员、教练员都曾被邀请到贺龙家里做过客，并接受过贺龙的教导。

在贺龙的关心和过问之下，郑凤荣、陈镜开、李富荣、徐寅生、姜玉民、邱钟惠、郑敏之、陈文彬等优秀运动员，都光荣地加入了中国共产党。

为了表彰为国家争得荣誉的优秀运动员，提高他们的社会地位，培养他们参政、议政的能力，贺龙曾经提名推荐他们为全国人民代表大会代表、政治协商会议全国委员会委员的候选人。

这其中就有张俊秀、傅其芳、陈镜开、林惠卿等人，他们分别当选为人大代表和政协委员。

运动员的参政议政，标志着体育界人士第一次走上了政治舞台。这对于提高运动员的政治素质，提高他们在社会上的地位，都起到了很大的作用。

中央关心爱护运动员

1960年,陈毅向贺龙提出了棋手们的组织归属和工资待遇问题。贺龙同意将棋手们划归体委系统,并组织棋社。同时,贺龙提出棋手待遇的标准:

可以提一下,按大学教授的标准。
要保证他们的待遇,改善他们的生活。
北京要搞几个下棋的点,冬天不冷,夏天不热,发挥他们的才能,为祖国争荣誉。

其实,贺龙和陈毅曾多次接见过围棋、象棋和国际象棋的名手。

此外,贺龙对那些由于比赛和训练的需要,默默无闻、勤勤恳恳地在二线陪练或做保障工作的运动员、工作人员,也没有忘记。

1963年3月13日,贺龙在接见乒乓球队时的谈话中说:

对无名英雄要评奖,有功就赏。

其实,关于运动员的物质待遇问题,贺龙和国家体委有关负责人早就反复研究过。他们认为不能与当时全国各行各业的工资水平相差太大。

贺龙也曾主张，运动员的生活要艰苦一些，领导要多从政治上、精神上奖励和鼓励他们。这是因为他们都很年轻，钱多了，对他们的成长不利。

对此，贺龙在国家体委党组会议上的讲话中说：

> 运动员实行低薪制是对的、好的，以后还要贯彻。毛主席曾说过：吃得好，穿得好，住得好，常坐汽车，都容易得病。

然而，作出重大贡献的运动员，每月仅仅几十元，这又常常使贺龙感到不安。

贺龙说：

> 我们的运动员很好啊！做出了成绩，没有多少奖励。我们的世界冠军还是每月几十块钱工资，生活不富裕。出国的衣服，回来还要上交。

另外，贺龙还在外出视察时，对省委书记们说：

> 你们对运动员要重视一下，不要光说球打得好，对他们的工作、生活也要管一管。

再者，在制定运动员工资表时，贺龙对经办的负责人说：

> 运动员把青春时光贡献给国家了，他们的工资要高一些。

可见，国家领导人与贺龙对运动员的关心几乎到无微不至的程度。

此外，贺龙还经常到运动队、训练基地、体育场馆、食堂等地视察，他和教练员、运动员广泛接触，议论纵横，谈笑风生，大家有什么心里话都愿意对他讲。

哪个运动员已经申请入党入团，谁遇到了困难，谁有了伤病，甚至谁在恋爱，谁的家庭不和，谁吵了架，贺龙都能在第一时间了解到，并给予必要的帮助。

贺龙循循善诱地引导运动员以事业为重，迟恋爱晚结婚，不酗酒，不抽烟，不松松垮垮，养成团结互助的优良作风，集中精力训练和学习。

而对一些年龄较大的单身运动员，贺龙则主动关心帮助他们解决婚姻问题。

对于运动员和教练员的伙食，贺龙也常常亲自查看，亲口尝尝才放心。

有一次，贺龙到北京崇文区四块玉的运动员宿舍去检查，看到墙上光光的，就建议运动员们贴挂一些美术作品，使环境变得优美，陶冶情操。

另外，贺龙还让运动员在窗台上摆些花，餐桌上铺上桌布，这样既可以保持清洁，又可以引起食欲。

对此，贺龙说道：

> 运动员训练很累，往往不想吃饭。一定要给他们一个舒适的环境。

可以说，贺龙关心运动员，就如同关心自己的子女。他不仅熟悉他们的姓名、性格、籍贯，甚至连许多运动员的年龄都记得很清楚。

对此，薛明回忆说：

> 运动员对贺龙有一种吸引力。贺龙对运动员也有一种吸引力。看到了，就谈个没完。
>
> 运动队出国回来，贺龙都很高兴，一定要去接。就是在国外打输了，也去接，说他们在国外很辛苦。
>
> 运动员到家里来，他高兴得很。
>
> 有一次，家里有一筐荔枝，他就对我说："拿来给运动员吃。"
>
> 我说："给孩子们留几颗吗？"
>
> 他说："不，全都拿来。"

甚至有一段时间,贺龙还不时地叨念着运动员的生日:

　　小龙是 1944 年生的,和胡炳权、王家声差不多。晓明是 1947 年生的,和郑敏之差不多。又明 17 岁了……

不仅如此,贺龙对每一个运动员都记忆深刻。

比如,1957 年 8 月的一天,贺龙乘车去开会,路过虎坊桥时,突然让司机刹车,把正在横过马路的文制中吓了一跳。

贺龙从轿车里探出头来,向文制中打招呼,并叫出她的名字时,文制中惊喜得不知道说什么才好。

贺龙下了车,把她叫到路边的树荫下,关切地问:"文制中,多年没见了,你现在干什么呢?"

这名从西南"战斗"篮球队调到国家女子篮球队,后又到全国动力体协女子篮球队的文制中,激动得声音都变了,眼睛里泪花充盈,感动地说道:"贺老总,这么多年了,您还记得我的名字……"

此外,贺龙主张把运动员培养成有修养、有知识、有头脑的全面发展的人才。

国家队和各省运动队相继成立后,贺龙对运动员技术水平、文化素质的提高,对他们的物质待遇、婚姻和退役后的安置等问题的关心和体贴,更是细致入微。

在国家队建队之初,他就指示:

> 在学习运动技术理论和进行训练之外,还要设置政治课,包括哲学、政治经济学、社会发展简史等,教材有《干部必读》《毛泽东选集》等。文化课,包括历史、语文、数理化基本知识、运动生理等。

他说:"当运动员的,学习时间有限,更应该抓紧时间读书。"贺龙总是督促运动员们读书,甚至提倡他们练习书法。

贺龙到运动员宿舍检查内务时,总要看看他们枕边放着什么书,并向他们推荐自己读过的一些书籍。

李少芬请老师补习英文、俄文。贺龙便在国家体委党组会上表扬她。

黄强辉自学外语,很快就具备了翻译能力。贺龙就号召运动员们向他学习。

此外,贺龙还在20世纪50年代做的第一个体育工作报告上说:

> 首先应更有计划地翻译苏联有关体育理论、运动生理卫生和运动技术等方面的书籍、文章和资料。全国体育干部和体育教师,应认真地钻研和学习。

贺龙还提倡运动员写文章,并且让体育报社向他们约稿。他说:

> 运动员一写文章就要看书,就要想,又可以互相推动。他们写的文章,大家也爱看。

于是,从20世纪50年代初开始,许多教练员和运动员响应贺龙的号召,撰写了大量质量较高的运动技术理论文章和学习札记、经验介绍、日记等,成为中国体育发展史上的一笔财富。

为了鼓励体育工作者们不断提高技术水平和理论水平,表彰他们的成绩,贺龙提议并具体指导国家体委制定、实施了运动员、教练员和裁判员的技术等级制度。

此外,关于贺龙对运动员的关心与爱护,还有一个感人的故事。

那还是1958年的事情,当时"伤湿止痛膏"问世不久。国家队的女运动员们觉得很新鲜,稍感酸痛,就贴上一块"伤湿止痛膏"。

有的人东一块西一块地在身上贴了很多。这种白色的橡皮膏在阳光下,显得格外显眼。

一天,贺龙到田径场上看训练时,把领队叫到身边,说:"你看看,运动员身上那么多伤!你们要多关心她们的身体嘛!"

有的姑娘听到领导挨批评,非常过意不去,便悄悄地把橡皮膏给揭掉了。

通过这件事,贺龙了解到运动员们进行大运动量训练,大部分人身上都有轻重不同的创伤。

于是,贺龙交代要加强医务监督和治疗,并说道:"我给你们找一位好大夫。"

第二天,贺龙就让秘书给运动队打电话,告诉他们已经同中医研究院联系好,请杜自民老大夫为运动员治伤。

杜大夫有一手点穴按摩的绝技,是治疗运动创伤的著名专家。贺龙亲自出面请他,使他感动得不得了,因此他不辞劳苦,为许多著名运动员治过伤。

有时,他从抽屉里取出一包雪茄,笑眯眯地对运动员们说:"这是贺老总出国带回来的雪茄烟,特地送给我的。他交给我的任务就是为你们看病啊!"他十分惬意地闻了闻,又原封不动地放回抽屉。

但是,点穴按摩,要费些气力。杜老每治疗一个病号,都累得汗流满面。

一天,杜老已经接待了几名病号,该休息了。这时,来了一名运动员求医。助手怕杜老太累,便挡了驾。

杜老一听是运动员来了,就对助手喊道:

给运动员看病,是贺老总交代的任务。你们没有权利不让我看!

可以说，贺龙对运动员的身体健康与生活也极为关心。

1955年的冬天，在全国冬季田径比赛的武汉赛区，贺龙目睹了石宝珠掷铁饼打破全国纪录的情景。

之后，每次见到石宝珠，贺龙都要问她读了多少书。当贺龙知道她膝关节有伤之后，更是经常督促她按时治疗，还为她请了一名姓育的老中医。

贺龙还不止一次地叮嘱她：

> 运动员一定要睡地板地，对关节好，特别是对膝关节和胯关节有好处。你睡觉时，不要像小孩子那样顾头不顾脚，一定要把脚盖好。

1958年，石宝珠在北京体育学院田径班学习，贺龙听说她交了个男朋友，但是感情上非常不顺。

当贺龙到体院视察时，在田径班碰到石宝珠，就关心地询问她的恋爱情况，表示在她举行婚礼时给他们送鲜花。

国家乒乓球队的一位著名运动员一度择友不慎，影响了训练，有人力主他与朋友断绝关系。

对此，贺龙却说："年轻人感情容易冲动。急于断，会带来双方的痛苦。可以采取'教练喊暂停'的方式，等参加完了第二十七届世界乒乓球锦标赛再说。"

此后,这名运动员接受了"教练"的意见,在比赛中立了奇功,连胜日本名将,还与别人合作获得男子双打冠军。

在恋爱"暂停"一段时间后,他清醒地结束了这一段不理想的感情。此后,他寻找到了真正的爱情,建立了幸福美满的家庭。

此外,贺龙对于运动员退役后的安置工作也相当细心。

运动员的运动生命,和其他行业相比是短暂的。所以,如何安排运动员,尤其是安排因比赛、训练致伤、患病的运动员的后半生,是一个很大的问题。

对此,贺龙在国家体委党组会议上,对国家体委干部司的负责人员说:

> 要把运动员当成我们的兄弟姐妹,使他们"安家落户"。不好好处理运动员,哪能调动运动员的积极性?有谁还愿意当运动员!

贺龙还说道:

> 干部司应该检查一下6个大区对运动员的处理情况。处理不好的要重新处理。过去处理不好,是官僚主义。现在知道了,仍不重新处理,是死官僚主义。

就是如此，还有运动员安置不当，工资不能糊口的情况发生。

贺龙知道后，便立即责成当地体委妥善处理，如再处理不当，就要向他做检讨。

一次，贺龙为安置运动员的事，把国家体委的一位干部叫到办公室查询。

那位干部说："有些事，我们不好安排。"

贺龙一听就生了气："怎么不好安排？他们为体育事业做过贡献，我们不能随便推出去了事。可以送他们去学习，进一步培养嘛。将来可以当体育教师，当教练。"

"贺老总，不是我们对运动员不负责任。安排他们要同其他部门商量，目前体委实在有困难。"

贺龙的火气更大了，愤愤地说："怎么不好安排！应该好好安排。不好好安排，推卸责任，不是共产党的政策！"此时，贺龙气得脸色铁青，胡子都在抖动。

这位干部头一次见到贺龙如此激动，知道自己不该在他面前强调困难，便说："这类问题，我回去查一查各省市的情况，认真研究一下。"

贺龙这才稍微平静下来，说道："过去，我们党领导的军队之所以能打仗，其中很重要的一条原因，就是优抚工作做得好，不但对伤病员妥善安置，而且对军属、烈属都有照顾和抚恤。战士们所以冲锋陷阵不怕死，是因为他们没有后顾之忧。现在搞体育，让运动员安心训练和比赛，也是一个道理。何况，体育干部也应该从运动员中培养。可以让他们学习，当教练和领队。也可以当科长、处长、司长嘛！"

此后，贺龙常对国家体委负责人员一再强调说：

> 优秀运动员是国家的宝贝。
> 对运动员不是管一阵子，而是要管一辈子。

另外，贺龙还多次指示，要注意发现人才，培养女领队。

曾经担任过国家体委办公厅主任、被贺龙称为"女秀才"的王凌，对此感触很深。她说：

> 贺龙为体育事业耗尽心血。比如对运动员，他不是一般的关心，什么都给你想到了。他多次指示我们要宣传吴传玉、容国团、郑凤荣等优秀运动员。
>
> 他说："我们中国的运动队一定要走在世界的前列。"
>
> 在这一点上，他的劲头比谁都足。
>
> 我时常听到他对运动员们说："我们为什么不能走在前头？我们的祖宗从来都是走在前头的。"

在贺龙担任体委主任的 14 年中，全国涌现了等级运动员 1000 万人以上，其中运动健将有 3392 人；打破世界纪录 145 次；获得 13 项世界冠军，其中乒乓球项目上就有 12 项。

这一切，不仅凝聚着全国体育工作者的汗水，也是党和国家领导人对体育事业关心的结果。

本书主要参考资料

《国史全鉴》本书编委会编 团结出版社

《共和国五十年珍贵档案》中央档案馆编 中国档案出版社

《中国现代史资料选辑》彭明主编 中国人民大学出版社

《共和国开国岁月》张国星 何明著 中共党史出版社

《华夏金秋》柏福临主编 吉林大学出版社

《贺龙年谱》《贺龙年谱》编写组 中央党校出版社

《共和国体育元勋》谢武申 王鼎华编著 体育出版社

《中南海三代领导集体与共和国文化实录》张湛彬主编 中国经济出版社

《共和国要事珍闻》郑毅 李冬梅 李梦主编 吉林文史出版社